봉평 세미나

박세현 문학에세이

봉평 세미나

경진출판

차례

2부 스무 편의 시

3부 성공적인 오해

7

1부

근본환상

제정신

누구 앞에 나서서 마이크 잡고 떠드는 일은 삼가기로 했다. 유튜버도 아니면서 더 무슨 말을 하겠는가, 싶으다.

내 나이에 앞치마를 두르고 책장사를 하는 사람도 있다지만 나는 그런 영업을 부러워하지 않는다. 시간의 압력을 견디며 하루하루 산다. 이 자연스러움을 저항 없이 수락한다. 간단히 말하겠다. 이제 누구 앞에서 아는 체 떠드는 일은 그만두기로 결심했다. 잘 알지도 못하면서.

그때 전화가 왔다.
강원도 봉평에서 날 찾아온 전화다.
소규모 문학행사의 기조 강연을 청탁하는 내용이었다.

네, 네. 시간 됩니다.

그럼요. 고맙습니다.

망설임 없이 불과 30여 분 전의 내 결심을 미련 없이 작파했다.

내가 이런 인간이었구나.

때는 단기 4356년 4월 29일 토요일 13시 50분경이었다.

이번엔 좀 잘 해야지. 하나마나한 결심이 뇌리를 스쳤다.

김수영이 내 나이였다면 뭐라고 했을까?

정신 좀 차리세요. 이랬으려나.

발광

약간 더운 오후에 나는 봉평고등학교에 도착했다.

교정에는 약간 명의 학생들이 보였고, 퇴근하는 교사들도 눈에 띄었다. 나를 알아보는 사람은 없었다. 다행스러운 일이다. 시인에게 수행비서나 경호원이 없다는 건 고마운 일이다. 나를 환영하는 플래카드가 걸려 있는 것도 아니고 사인을 부탁하는 너무 팬도 없다. 섭섭하다는 표현으로 이해하는 건 오독이다. 나는 이런 차원에 이골이 난 사람이다. 스스로 씩씩할 뿐인 인류다.

그렇다.

나도 여러분도 이 순간 모르는 사람이다.

모른다는 것은 얼마나 싱싱한 흥분상태인가. 모르는 상태에서 조금씩 알아가는 과정은 싱싱한 사랑의 프로세스다. 그 흥분이 점점 삭감되는 필연은 어쩔 수가 없을 것이다. 결혼의 논리가 그렇듯이. 여러분과 나는 지금 이 자리에서 잠시 우리라는 인연가합의 연대에 참여한다. 여러분들은 어떤 기대로 이 행사에 참석했는지 모르겠지만 핑계는 문학이었을 것이다. 나도 모르게 문학이라는 말을 쓰고 말았다. 문학. 거 참. 내 입에서 나갔으니 회수할 수도 없고 지울 수도 없군. 문학. 문학은 어떻게 발음해도 무낙이다. 내가 어떻게 말한다고 해도 선생님들의 삶에 균열을 낼 수 없을 것이고, 학생들에게 문학을 가르치는 힘을 새롭게 충전해줄 수도 없을 것이다. 이것이 문학이 무낙으로 발음되는 끈적거리는 인연이다. 오늘 밤에는 주최 측에서 봉평의 반딧불이를 보여준다고 한다. 반딧불이는 제 몸 안에 발광기를 가지고 있다. 문학도 특히 시는 각자의 발광기를 발전시키는 작업이다. 봉평에 와서 나는 다시 그렇게 생각한다. 이것은 나의 소견이자 나의 발광이다. 선생님들의 생각일 이유는 없다. 선생님들을 지배하고 있는 이론이나 지식이 있을 것이다. 그것이 학창시절의 독서이든, 학부시절의 교양학습이든 국가가 제공한 교사용 지도서에 오염된 지식이든 말이다. 나는 여러분의 입장을 흔들 생각이 없고 그럴 신념도 없다. 나의 의견은 지극히 사적인 차원에 기반하고 있을 것이다. 동의받기 어렵거나 무시되기 쉬운 입장의 문자화가 내 문학의 근간이다. 기대를 버려서도 좋다.

쓰는 인간

먼저, 내 입으로 나를 약간만 설명하겠다.

여러분과 만나서 나누는 의례적인 악수라고 생각하겠다. 나는 1953년 계사년에 태어났다. 즉, 한국전쟁 직후에 태어났다. 난리통이라 그런가 계사생 중에는 이렇다 할 인물이 없어 보인다. 내가 꼽는 인물로는 지휘자 정명훈과 축구선수 차범근을 앞자리에 놓는다. 내 시대의 진짜로 큰 인물은 트럭기사가 되었거나 버스 출입문에 위태롭게 매달려 '오라이'를 외치며 청춘을 바쳤거나 공장에서 회사에서 장삼이사로 사라져간 친구들일 것이다. 미국에는 '천국보다 낯선', '커피와 담배' '패터슨'과 같은 영화를 찍은 짐 자무쉬가 있다. 한국문학판에 비추어보면 누구를 떠올려야 할지 막연해진다. 생각 같아서는 내 이름도 슬쩍 거론하고 싶지만 이런 아재개그에 여러분들은 웃지 않는다. 아무튼 내 세대는 커튼 뒤로 사라졌고 커튼콜에도 돌아오지 않는

다. 잘

아시겠지만 작가는 쓰는 인간을 가리킨다.

이 자리에서 말하는 작가는 글작가 즉 문필인에 한정한다. 쓰는 사람이라고 했으니 작가는 당연히 써야한다. 오늘 아침에 시를 쓴 사람이 시인이고, 한 줄의 문장을 위해 자판을 두드리는 사람이 소설가일 것이다(그러나 이런 멋을 부린 말에 곧이곧대로 공감할 일은 아니다). 어떤 작품을 쓰는가는 다른 문제다. 농부가 눈 뜨면 밭으로 향하듯이, 운동선수가 연습장으로 나가듯이 작가는 노트북 앞에 앉아야 한다. 그를 일러 작가라 부르게 된다. 그가 얼마나 좋은 작품을 썼느냐 하는 문제는 중요하지 않다. 처음부터 내가 작가라는 명칭에 대해 공을 드리는 이유도 여기에 있다. 쓰는 일은 현재진행형이어야 한다. 쓰고 있는 동안 쓰여지는 글은 작가를 설득하게 될 것이다. 작가는 쓰는 순간을 탐닉하는 존재다. 자기를 외면하는 여자에게 매달리는 정황과 같다. 여자가 그를 향해 미소 짓는다면 그날이 그 여자와의 관계가 정산되는 순간이다. 그 이상도 이하도 아니다. 그게 작가의 운명이다. 운명은 선택사항이 아니다. 대개는 이 운명을 연기하고 있다. 좋은 시인은 자신의 운명을 연기한다. 끝까지 가성을 지르는 것. 나는 내가 하는 일을 알지 못하나이다. 독자의 평가는

다른 문제다. 거듭 말하지만 작가는 쓰는 존재다. 매일

같은 시간에 같은 자리에서 키보드를 두드려야 한다. 반복을 반복하는 것. 반복의 끝에서 무엇을 만나게 될지는 모르겠다. 그것은 그렇게 해본 작가만이 아는 답이다. 쓰는 인간으로

완주하고 있거나 완주한 작가들이 떠오른다.

소설가는 황석영, 시인으로는 황동규 정도가 그렇다. 물론 더 있을 것이나 생략한다. 평론가로는 작고한 김윤식을 꼽을 수 있고, 시인 김영태와 오규원, 이승훈을 완주자 명단에 넣어본다. 한결같이 쓰는 일에 헌신한 문필인들이다. 쉬운 일은 아니다. 찰스 부코스키, 장 뤽 고다르, 홍상수도 여기에 넣겠다. 뒷줄 두 사람은 영화감독이지만 여러 차원에서 글작가들에게도 깊은 영감을 준다. 쓰는 일은

'당신도 작가가 될 수 있다'와 같은 선동성 문장과는 무관하다.

작가도 날마다 전대미문의 순간과 직면한다.

철학자가 될 것인가. 시인이 될 것인가. 양아치가 될 것인가.

그건 당신의 선택이다.

그중에 제일은 양아치가 아닐까.

문학이라는 증상

작가는 쓰는 인간이다.

여지가 없는 말이다. 20대에 대표작을 쓰고 얼른 사라진 작가도 있다. 앞에서도 강조했듯이 작가는 매일 쓰는 존재다. 그들은 글쓰기의 반복을 통해 자기의 증상을 다스리는 인간이다. 그렇다면 어떤 경로를 통해 작가의 길에 접어들까요. 한두 마디로 단정하기는 어렵다. 작가는 활자에 감염된 인간이다. 작가는 운명적으로 언어와 직면한다. 도구로서 언어를 대하든 영적 전도체로 대하든 언어와의 대결을 피하지 못한다. 시골 귀족이었던 돈키호테가 기사도에 관한 책을 탐독하다가 편력기사로 모험에 나서게 되는 연유와 문학 서적을 읽다가 작가의 길로 들어서는 과정은 동일하다. 활자에 오염된 인류들. 돈키호테는 '씻어버려야 할 불명예, 바로잡아야 할 부정, 고쳐야 할 무분별한 일을 개선하고 기사도 정신을 구현하고자 하는 원대한 뜻을 세운다.

그것은 꿈이자 과대망상이다. 나는 그것을 이루어질 수 없는 사랑이라고 명명한다. 노트북 앞에

쭈그리고 앉아 세상의 불의와 모순과 모욕을 해결하겠다는 문필가의 이상은 돈키호테의 꿈과 정확하게 일치한다. 문학주의자들은 그렇게 말하리라. 돈키호테와 문필인의 꿈처럼 세상의 어두운 구석을 밝혀내지는 못하지만 구석진 세상을 조명하는 효과가 있다는 것. 동의한다. 야윈 말 로시난테를 타고 마을을 떠나는 돈키호테 후예들의 행운을 빌어야겠지요. 볼펜 한 자루와 (요즘 말로는 노트북이 되겠군) 빈약한 문자에 기대어 세상과 대면하는 작가에게는 성공이 아니라 패배만이 그를 기다릴 것이다. 작가에게

성공이란 무엇일까요? 견적이 커지는군요. 책이 팔린다. 문학상을 받는다. 강연 일정으로 동분서주한다. 북콘서트에 나선다. 화려한 작가적 성공을 꿈꾸어보지 않은 작가는 없을 것이다. 이런 세속적인 의미의 성공은 진짜 작가에게는 그저 부산물에 지나지 않는다. 그는 세상보다 더 큰 자기와 싸워나가야 하기 때문이다. 자기와 싸우는 일에 성공이 있을까요? 작가라면 누구나 이 문제와 대면하게 된다. 나는 작가라는 용어를 계속 쓰고 있다. 영어로는 Writer다. 쓰는 인간. 시인과 소설가라고 쓰면 상황은 크게 달라진다. 쓴다는 동사는 공유하지만 그들의 존재론적 기원과 바라보는 지점은 같지 않다. 나는 시 쓰는 인간인지

라 주로 시인의 처지에서 말하겠다. 소설가의 생리는 모른다. 작가는 문학이라는 병에 걸린 환자들이고 이 병은 아시다시피 난치다. 운이 좋은 작가는 빛을 보지만 운의 숫자는 정해져 있다. 자신이 작가라는 사실을 아는 사람은 자기 밖에 없을 것이다. 그러므로 대개는 아니 대개는 그러므로 세상의 무인정 속에 조용히 사라진다. 그러나 참작가는 글쓰기의 루틴을 통해 다른 인간으로 거듭날 것이다. 여담이지만

매일 글을 쓰는 글작가들은 신경질과 분노, 우울감을 조심해야 한다. 치질이나 소화불량, 비분강개, 좌절감, 자학증 등도 다스려야 한다. 따라하기는 힘들지만 달리기와 음악으로 창작기반을 다스리는 하루키는 참고사항을 넘어서는 존재다. 문학병의 궁극은 우울증이다. 특히 시인. 그는 날마다 생면부지의 익숙한 자기 번민과 직면하기 때문. 말이 난 김에 하는 말인데 하루키를 저렴하게 보는 문필인도 많다. 하루키를 저평가 하는 축 가운데 그보다 윗길인 평자를 본 적은 없는 것 같다. 하루키 광팬은 아니더라도 그를 무시하는 태도는 존중하지 않는다. 여담은 여기까지다.

누구의 허락을 받고 쓰는가

시인은 시를 쓰는 사람이다. 나는 지금 당연한 말을 당연스럽게 하고 있다. 동어반복이다. 엔터키를 누르고 조용히 내 말의 흐름을 바꾸어가겠다. 나는 지금

문학에 오염된 나 자산을 성찰해보려는 방식으로 이런 말을 하고 있다. 때와 장소와 대상이 지금 이 자리 봉평이 되었고 여러분 앞이 되었다. 미리 밝혀두지만 나의 말은 그저 그런 얘기다. 귀담아 들어야 할 내용은 없다. 한쪽 귀로 듣고 한쪽 귀로 흘려달라고 부탁드린다. 내 얘기가 여러분 몸에 찌꺼기로 남지 않기를 바란다. 진심이다. 정지돈의 『영화와 시』에는

이런 장면이 나온다. 소비에트의 반체제 문학의 거물이자 노벨문학상 수상자인 시인 브로드스키에 관한 내용이

다. 국가에 의해 기소된 그의 죄명은 "코듀로이 바지를 입은 한심한 유대인 작자, 횡설수설이 포르노그래피를 넘나드는 삼류 시인"인 브로드스키에게 판사는 묻는다.

피고는 누구의 허락을 받고 시인으로 활동하는가?

없다. 나를 인간으로 허락해준 이가 없는 것과 마찬가지다 (브로드스키 관련 내용은 정지돈의 책 104~105쪽이다).

일견 시를 쓰는 인간에 대한 어떤 본질이 폭로되는 장면이다. 시를 쓰면 시인이다. 여기에 구구한 댓글은 필요 없다. 베냐민처럼 '자기 조명을 위한 글쓰기'가 시이기 때문이다. 문학 쪽에서는 흔히 성찰이라는 말을 쓰지만 나는 성찰보다 조명을 선택한다. 내 시집 제목으로 사용한 '아주 사적인 시'라는 설정도 그런 뜻이었다. 시인은 사적이고 일인칭적 존재다. 시를 쓰는 순간은 누구나 시인이다. 난감한 생면부지의 시간을 겪으면서 살아가는 우리는 모두 어쩔 수 없이 시인이다. 삶이 어긋나는 순간마다 우리는 시인이 된다. 시인의 번민을 겪는다.

맹목성

시 쓰는 사람 앞에 떠오르는 질문은 두 가지다. 왜 시를 쓰는가. 시는 무엇인가가 그 하나다. 이 질문은 시인이 당면하는 첫 질문이면서 끝까지 그를 괴롭히는 화두가 된다.

왜 쓰는가. 시는 무엇인가. 지금 쓰여지고 있는 세상의 시들이 이에 대한 각자의 언어적 응답이다. 한 편의 시는 시를 왜 쓰는가에 대한 문자적 응답이고, 무엇이 시인가에 대한 잠정적인 해결이다. 농부는 농부의 삶이 있고, 부자는 부자의 고민이 있고, 가난한 사람은 가난한 삶이 있다. 그게 그들 각자가 당면한 삶이자 시일 것이다. 문자로 쓰여진 시는 최소한의 시일 뿐이다. 문자가 감당할 수 있는 영역은 협소하다. 그것도 비문(非文)이나 왜곡된 상태로 존재한다. 지금 내가 떠들고 있는 말들은 내 생각이다. 정확히는 내 생각이라고 단정지을 수도 없을 것이다. 어디선가 보고 듣고 베낀 것을 내 것인 양 말하고 있다. 타자의 생각을

밀어내는 것이야말로 시쓰기의 길고 멀고 험난한 여정이다. 나는

시를 왜 쓰는가?

뻔한 질문이지만 이렇게 써놓고 보면 막연해진다. 그것이 질문의 속성이다. 대답해봐. 그런 명령이 내가 생각하는 대답을 휘저어놓는다. 관성에 의탁한 시쓰기. 업계가 말하는 시와 나의 시는 대체로 관성과 중력에 의지하고 있다. 시의 본능은 관성과 중력을 벗어나려는 것이겠는데 나는 충분히 자유롭지 못했다. 업계 종속적인 시를 작성해왔던 게 아니던가. 나는 나의 시적 태도에 지극하고도 기본적인 의문을 가지고 있다. 감당할 수 없는 벌판에 덜렁 혼자 남았다는 시적 실존은 시쓰는 인간을 괴롭힌다. 항상. 언제나. 늘. 시도 때도 없이. 무시로.

나는 쓴다. 그저 쓴다. 그냥 쓴다.
그저에 깃든 맹목성을 존중하면서.

너무 나무라지는 마세요

시집 좀 그만 내라. 가끔 듣는 말이다. 새삼스런 말도 아니다. 시집 좀 그만 내라. 시와 상관없이 사는 사람들에게 이 말은 아무런 울림이 없을 것이다. 하지만 이른바 시인들에게는 어떤 울림을 줄 것인가. 대개의 시인들은 고개를 끄덕거릴 것이다. 그려, 시집이 너무 많이 쏟아지고 있어. 왜들 이렇게 많이 긁어대는지 모르겠어. 밥 먹고 시만 쓰나. 시집이 양적으로 많이 발간되고 있다는 현실에 대한 개탄을 개탄할 일은 아니다. 나는 생각한다. 그런 개탄이 시인의 입에서 나올 말인지 아닌지 말이다. 많이 쓰고 안 쓰고의 문제는 시인 자신의 '개인적인' 사정이다. 가끔 '10년만에 두 번째 시집을 낸 시인'과 같은 구형 저널리즘 기사 제목을 만나게 된다. 그때의 방점은 시가 아니라 10년이라는 시간에 찍힌다. 기자들이 타성적으로 사용하는 문장이다. 시집 속에서 이렇다 할 문학적 특성을 발견하지 못하는 그들만의 직업적 습관이다. 그것은 시인들에게도 그럴듯한 호응을 얻는다. 시집은 일정한 터울을 두고 인쇄하는 게 좋다는 게 업계의 관습이다. 이 문제에 답이 있는 것은 아니다. 내고 싶으면 내는 것이고, 안 내고 싶으면 안 내는 것이다. 감 놔라 밤 놔라 할 일은 아닐 것이다. 시집을

밥 먹듯이 인쇄하는 시인도 있다. 거명은 생략한다.
  그들에게도 나름의 사정이 있을 것이다. 시를 부지런히 쓰고 시집도 부지런히 내는 시인의 근면성을 나무랄 일은 아니다. 그에게는 시를 열심히 쓸 수밖에 없는 에너지가 있다는 뜻이고, 다른 한편으로는 시집 권수에 대한 양적 포만감도 있을 것이다. 자, 더 열심히 쓰자. 한 권만 더 내면 열 권이다. 아홉 권보다는 열 권이 더 충만하다는 양적인 기대가 시인의 노동력을 자극할 수도 있다. 잠 오지 않는 밤에 원금으로 내가 낸 시집의 순서와 제목을 계산해본다. 자식이 여럿이면 이름이 헷갈릴 때가 있듯이 내가 낸 시집의 목록이 헷갈릴 때도 있다. 기억력의 용량을 초과한 시집을 냈다는 뜻인가. 시집 좀 그만 내라는 명령은 나를 향하고 있었던 것이다. 이를 방어할 충분한 논리가 있으려나. 사정은 만만하지 않다. 어버버하다가 말겠지만 하는 데까지는 해봐야겠다. 너무 나무라지는 마세요. 어디선가

같은 말을 반복하겠지만 나는 쓸 것이 넘쳐흘러서 쓰는 것은 아니다. 더는 써야 할 시가 내게 남아 있지 않다. 다

25

시 말하겠다. 나는 쓸 것이 없어서 쓴다. 그것만이 내 시쓰기의 원천이다. 무슨 말이냐고 내게 묻지는 말아 달라. 나도 모르는 항진이다.

실패의 쾌락

자판에 손을 얹으면 시가 쓰여진다. 술술 쓰여진다. 내가 쓰는 것이 아니라 손가락과 자판이 소통하고 결합하는 작업공정이다. 그것은 내 탓이 아니다. 내가 통제할 수 있는 영역이 아니다. 값싼 시마가 흘러간다는 엄살이 아니다. 내 시가 쓰여지는 공정을 과장해서 말하면 그렇다는 정도의 이야기다. 이 대목이 나로서는 정당한 고민이 아닐 수 없다. 시가 맺힌 것 없이 성겁게 쓰여진다는 혐의에서 자유롭지 못하다는 비평도 가능하다. 내 시를 한 줄이라도 읽어본 독자는 내 말을 충분히 수긍하리라. 그렇군. 이 작자의 시는 대충 겉눈으로 읽으면 되겠군. 씹을 게 없어. 이론적 잣대를 대어볼 구석이라곤 눈곱만큼도 없다니까. 괄약근이 허물어졌나봐. 측은지심. 시단의 문폐다. 이해 못할 바는 아니다. 나이 칠십에 이르러서 다른 충전이 없다면 쓰던 대로 쓰게 된다. 관성에 의지한다. 말년성의 증상이다. 못 들은 척 지나가자. 어떻게 평가해도 좋다. 나는 단지 내 앞에 당도한 삶을 내 방식으로 언어에 담는다. 이게 시가 아니라 꽝이어도 어쩔 수 없는 건 어쩔 수 없다. 내 시는 같은 대상을 같은 목청으로 호명하고 있다. 그날이 그날 같은 삶을 그것이 그것 같은 시의 형태 속으로 조립한다. 항상 같게, 항상 다르게. 홍상수의 영화문법이군. 나의 작시태도를 리얼리즘이라 부르겠다. 주어진 현실을 주어진 방식으로 밀고 나가기. 현실을 조각하는

내 언어는 조금 부족하거나 조금 넘치기에 정확한 그곳을 가리키지 못한다. 언어의 운명과 나의 시적 재능의 합작물이다. 내가 말하는 사실주의적 표현에 성공한 시인이 있을까. 자판에 손을 얹으면 시가 술술 쓰여진다고 했다. 맞다. 내가 생각한 시라는 환영이 사라질까 두려운 촉급함이 이런 창작 방식을 몸에 붙이게 된 것은 아닌지. 이렇게 나는 나를 방어한다. 실패의 쾌락. 확실한 실패 그것만이 내 삶의 여정을 선명하게 보여주리라 믿으면서.

오다와 가다의 사잇길

회사원이 컨디션이 좋은 날만 골라서 출근할 수는 없는 것처럼 생계형 작가는 매일같이 키보드를 두드려야 산다. 기꺼이 또는 지루하고 짜증스럽게. 매일같이 자판을 두드리면서 명예퇴직의 타이밍을 찾고 있는 소설가도 있을 것이다. 나는 매일

일정한 시간에 책상에 앉아 글을 쓴다. 그러나 이 말은 그렇게 하고 싶다는 소망이 깃든 허언이다. 일견 매일 그렇게 하는 일은 지루하고 따분하다. 좋아서 하는 사람은 지루함이 없다고? 뭐, 그렇다고 하자. 나는 오다가다 소풍가 듯이 쓰는 스타일이다. 시라는 게 죽자사자 매달려야 하는 장르라고 생각지는 않는다. 시는 순간적인

집중력에 의지하는 장르다(라고 나는 믿는다.) 시어 하나

를 찾기 위해 밤을 팬다는 시인도 있다. 고전적인 얘기다. 시를 기다려서 쓰는 시대는 지나가지 않았던가. 그것도 아주 오래 전에 말이다. 매일 쓰든 한 달에 한 번 쓰든 그것은 작성자의 기준이다. 어떻게 쓰든 가타부타 할 일은 아니다. 마음대로 쓰세요가 정답이다. 아무튼

오다가다 나는 쓴다. 생각나면 쓴다. 생각 없으면 쓰지 않는다. 오다가다 내게 오는 시가 시인지 아닌지 망설여지는 그 순간을 나는 아낀다. 시는 내게 어떤 균열이자 여백이며 틈이자 모든 화두의 뒤끝이다. 시는 그런 다양한 모습으로 나를 찾아온다. 상처받은 얼굴로, 쓸쓸한 얼굴로, 교만한 얼굴로, 편견의 모습으로, 벌거벗은 신체로, 배 째라는 목소리로, 슈베르트의 등에 업혀 오거나, 부코스키의 술잔에서 출렁거리거나, 김소월의 본명 김정식으로, 김수영의 머리 위로 내리던 싸락눈으로, 트롯을 부르는 노시인 김춘수의 모습으로, '겨울밤 0시 5분'처럼 오기도 한다. 지팡이를 짚은 이승훈의 모습으로 오기도 한다. 시가 오는데 무슨 법칙이 있는 게 아니다. 화장하지 않은 맨얼굴. 어디선 본 듯한 얼굴. 그러나 그것은 단 한번 생소한 순간에 생소한 목소리로 도착한다. 나의 시는 그 오다와 가다 사이에 걸쳐 있다.

혼잣말로 중얼중얼

여러분과 마주앉은 이 자리는 미니 강연이고, 비공식이고, 꽤나 사적인 시간이다. 그걸 핑계로 나는 격식도 논리도 없는 지루한 얘기를 지루하게 떠들고 있다. 여러분들의 생활에 도움이 되지 않을 얘기만 하고 있다. 어쩌면 내 삶에도 그닥 보탬이 되지 않을 공허일수도 있다. 나는 문학을

핑계로 문학을 말하고 있다. 작가란 무엇인가. 왜 쓰는가. 무엇을 쓰는가에 대해서 나의 촌스러운 무논리를 늘어놓고 있다. 이런 말을 할 때마다 내 속에 남아 있던 어떤 벽이 무너지는 소리를 듣는다. 나만 듣고 있는 소리다. 여러분에게도 들리는지 모르겠다. 시를 써보니

(이 말 좀 그렇군요, 내가 살아보니와 같은) 시는 어떻게 써도 다 쓸 수 없다는 판단에 도달한다. 내 안에 있는 시

를 알뜰히 소진시킬 수 없다. 시는 쓰면 쓸수록 써야 할 시가 샘솟는다는 말을 하는 건 아니다. 그거야 창작의 용불용설 같은 것이다. 그것이 틀렸다는 말은 아니다. 시가 내게 밀려온다. 내가 말하는 시는 반복되지만 반복되지 않는 삶의 순간이고, 삶의 현전(現前)이다. 그 현전의 찰나를 언어로 스킵하려는 작업이 시쓰기라고 생각하는데 그것은 끝이 없다. 살아있는 매 순간이 시를 자극한다. 각자의 삶이 있듯이, 그것은 서로 비슷하면서 다르듯이, 각자에게는 각자의 시가 있다. '한려수도, 내항선이 배때기로 긴 자국'(황지우)에 입을 대는 순간이다. 나의 시가 그렇다. 그럴 수밖에 없다. 과거완료형이자 현재진행형인 이 문장에 내 시가 걸려 있다. 나는 그렇게 쓰고 있다. 이것이 시다. 이렇게 믿으면서 쓴다. 훗날 거품이 된다고 해도 그건 내 문제가 아니다. '너는 왜 그따위 말도 안 되는 시를 썼느냐'는 문장은 죽은 김수영이 먼저 죽은 박인환에게 했던 말이다. 나는 왜

이따위 말도 안 되는 시를 썼는가. 그러게요. 말이 안 되는 말이야말로 진정한 시인지도 모르겠다. 비문법적인, 비정서법적인, 비논리적인, 비문학적인, 비문단적인 말들. 비(非)의 세계는 내가 탐하는 세계다. 그곳이 어딘지 가늠되지 않아 좌절하는 어떤 곳일지라도. 어떤 철학도 말해주지 못하는 그곳.

사랑이나 자유에 대해 쓰거나

사회적 모순을 지적하는 시를 쓰던 시대는 행복했다.

그런 행복한 시대는 문학의 와꾸 즉 프레임이라는 게 엄연했다. 익사하지 않으려면 개헤엄이라도 부지런히 쳐야한다.

이제 시는, 시는 이제

(이하 혼잣말로 중얼중얼)

근본환상

한국 시단은 낯선 얼굴들로 재편성되었다. 누가 누군지 모르겠다. 뒷물결이 앞물결을 조용히 밀어낸다. 뒷물결은 앞물결을 모르고 앞물결은 뒷물결을 모른다. 서로 알 사이가 없다. 나는 단정적인 문장을 쓰고 있다. 사실이 그러하고 또 그러해야 할 것이다. 누가 누군지 모르기에 불편하고 편하다. 공유해야 할 문학적 인연의 근거가 박약하거나 거의 없기도 하다. 시간적 여유가 있는 사람은 이에 대해 개탄해도 괜찮다. 1980년 무렵에

젖을 뗀 시인들은 자유롭다. 걸리적거릴 무엇이 없다. 선배 세대의 문학도 충분히 축적되었지만 그렇다고 넘어서야 할 문학적 산도 없어 보인다. 그야말로 자유로운 거다. 그렇다고 해도 모든 삶에는 자신의 삶을 갈구는 억압이 존재한다. 1980년대 노래방 출입구에 붙어 있던 '아가씨 항

시 대기'와 같은 상황이다. 자유롭다는 관점도 선배 세대가 볼 때 그렇다는 말이다. 새로 등장한 시인들은 동의하지 않을 것이다. 인간은

자기 안에 자기가 알지 못하는 지식이 있다. 이른바 무의식. 무의식은 억압된 것이고, 그 밑바닥에 기층을 이루고 있는 것이 근본환상이다. 이것이 우리의 삶을, 행동을 간섭한다. 늙든 젊든 시인은 자기를 탐구하는 존재다. 자신이 가진 의식의 창고를 뒤적거린다. 자기도 모르는 근본환상과 만나게 된다. 그것을 그것이라고 말하고 싶은 참을 수 없는 욕망을 언어에 대고 문지른다. 욕망과 언어는 미끄러진다. 고정되지 않는다. 그 미끄러짐의 틈이 시가 아닐까. 욕망과 언어 사이에서 미끄러지고 어긋나고 틀어지는 비명들. 나는 그것을 시라고 잠칭한다. 거기에는 삼자가 개입할 여지가 없다. 평론이라는 작업이 이를 해명하려고 하지만 그건 평론의 입장이다. 시와는 무관한 일이다. 생소한 시인들의

패기는 부럽지만 그것이 나같이 무심한 옹들에게는 도움이 되지 않는다는 말을 하려는 참이다. 앞에서 했던 말을 다시 쓰자면 각자의 근본환상은 각자 다르기 때문이다. 각자의 속을 파먹는다. 시를 잘 썼다고 칭찬받는 일은 그래서 좀 우스운 노릇이다. 집의 외관만 보고 감탄하는 일과 같다. 디자인이 새롭다. 전철역에서 가깝다. 학군이 좋다. 이

런 말들은 일견 맞지만 그 집의 사정은 모르는 일이다. 언어는 대상을 충분히, 정확하게, 알뜰하게 드러내지 못한다. 오히려 더 정확하게 왜곡시킨다. 화단의 잡초를 뽑으라고 시켰더니 정작 잡초만 남겨놓고 화초를 다 뽑아버린 천진한 아이의 손길과 비슷하다. 자신의 증상을 언어에 의탁할 수밖에 없는 것은 시의 더러운 운명이다. 그것이 시의 무모한 운명이라면 잠시 생각해보겠다. 시쓰는 일에 성공 같은 건 없다. 성공처럼 보이는 착시현상만 있을 것이다.

내가 읽고 싶은 시

나는 내가 읽고 싶은 시를 쓴다.

나의 중얼거림이다. 독백이기도 하다. 무대 위의 인물에게는 들리지 않고 관객에게만 들리도록 약속된 방백과는 거의 반대현상이다. 나의 시는 발화시점에서 소멸된다. 그래도 어쩔 수는 없다. 시라는 발화의 특성이라고 생각한다. 내가 쓴 시라는 문장들이 그렇다고 수정하는 게 옳겠다. 시는 누군가 읽어보고 '좋네요' 그렇게 말하면 완결된다. 그것이 전부다. 따로 리뷰가 필요한 시가 있을까요? 글쎄다. 사태가

이렇다고 해도 사태가 늘 순조로운 건 아니다. 내가 읽고 싶은 시라고는 하지만 늘 무엇인가가 내 시를 간섭한다. 누구의 허락을 받고 쓰는 것도 아닌데 말이다. 크게는 문학이라는 제도일 것이고 좁게는 독자라는 모호한 대상

일 것이다. 이렇게 써도 되는가. 보이지 않는 검열의 손이
내 시의 뒷면에서 작용한다. '시는 그런 게 아니다'와 같은
같은 목소리가 그것이다. 평론가들의 젠체하는 이론적 목
소리도 그렇고 시론 속에 박혀 있는 박제된 목소리도 그렇
다. 시는 그런 고리타분한 음성을 벗어나야 한다. 물론 이
생각도 문학이론적 발상이다. 마치 새로운 것이 있다는 듯
이. 마치 전위가 있다는 듯이. 등뒤에서 몰아대는 압력들.
문학판의 바람잡이들. 내가 읽고 싶은

  시를 쓴다고 하면서 내 시는 항상 뻔한 곳에 도착한다.
  이것이 나의 고민이지만 시원하게 해결을 본 적이 없다.
그러면서 쓰고 있다. 그래서 쓰고 있다. 나의 시쓰기는 아
르바이트에 지나지 않는다. 이건 비유는 아니다. 식사 후의
커피타임과 같다. 맞는 말이다. 나도 옳은 말을 할 때가 있
군. 커피를 마시지만 커피의 맛을 분석할 필요는 없다. 쓰
군. 달군. 시군. 그 이상의 학문적 연구는 소용없다. 나의
시쓰기가 직업으로 진화하지 않는 근거이다. 내 시가 나의
바람과는 다르게 늘 뻔한 장소에 도착하는 소이는 있는 것
과 없는 것 사이에 걸쳐 있기 때문이다. 있는 것이 아니라
없는 것, 있기를 소망하는 신앙에 대한 집착심은 뜬구름으
로 흘러간다. 내가 읽고 싶은 시는 뜬구름 같은 시다. 내
마음 허공에 떠다니는 뜬구름 편편(片片). 아직 쓰여지지
않은 그 시. 쓰여지지 못할 그 시.

열려라 참깨

번스타인은 50대에 접어들어 연주가 자기 뜻대로 되는 것을 알아차리면서 연주가의 길을 접었다. 해석은 군더더기가 될 것이다. 매번 똑같은 노래를 불러야 하는 것이 지겨워서 가요계를 은퇴했다는 가수도 있었다. 시쓰기를 언제

그만두어야 하는가.

이렇게 쓰고 있는 나는 이미 그 타이밍을 놓쳐버려서 국으로 책상 앞에 앉아 버티고 있다. 번스타인 식으로 보자면 시쓰기가 손에 익었다면 그 순간이 시를 내려놓을 때다. 내가 그렇다. 시가 손에 익었다. 손에 익은 것 같다. 시를 쓸 때 어떤 저항감도 발생하지 않는다. 시가 익숙해졌다. 그래서 불편이 없다. 이렇게 쓰면 되는구나. 쭈욱 이렇게 써야지. 여기까지 오는데도 우여곡절이 많았다. 이 정도면 된 거 아닌가. 이런 자기 위안과 만족이 자기기만이라

는 걸 나는 알고 있다. 충분히 알고 있다. 이것은 잘 정리된 슬픔이다. 자신에 대한 서글픈 조롱이다. 갔던 길을 다시 가지 않는다는 재즈의 정신에 혹했던 생각은 온데간데없고, 이제는 그래, 갔던 길이 좋다, 익숙해서 좋다, 그러면서 내가 쳐놓은 덫에 걸려든다. 이럴 때는 치고 빠지듯이 문학에서 달아나버린 시인들이 얄밉고 부럽다. 누구누구 말이다. 그들은 자기 덫에 걸리지 않아서 좋겠다. 시가

  손에 익었다. 익은 듯 하다. 어떤 시는 첫줄이 오면서 마지막 줄까지 길이 다 만들어진다. 나는 타자수 역할만 한다. 말과 말 사이, 문장과 문장이 긴장하지 않는다면 시는 이미 시가 아니다. 공산품이다. 1번 나사 다음에 2번 나사를 찾아서 조이는 DIY식 작법이다. 시는 언제나 없는 길을 찾아 헤매는 작업이(어야 한)다. 정답이 없는데 정답을 찾은 것처럼 허세를 부리는 시는 시가 아닐 것이다. 평균적인 독자들은 좋아할 것이다. 그래, 이런 게 시지. 대중들의 갈증을 채워주는 시. 그야말로 시 같은 시. 시 하면 딱 떠오르는 시. 지겨운 시. 시 쓰기를 언제 포기해야 하는가. 이런 질문을 내게 던지지 않을 수 없다. 대답은 바로

  지금이다. 나도 알고 있다. 그런데 그렇지만 쓰기보다 힘든 것이 쓰지 않는 것이다. 그런 대단한 결단력이 나에게는 없다. 그러니 계속해서 써야겠다. 갔던 길 다시 가듯이 썼던 시 다시 쓴다. 그것만이 살길인 듯. 그날이 그날 같지

40

만 그날이 그날이 아니듯이. 늘 썼던 시지만 처음 쓴다는 듯이 나를 달래면서 쓴다. 그 길밖에 없는 길 앞에서 열려라 참깨!

너무 많은 인생

"예술은 인생이기도 합니다, 아시다시피. 고독도 인생이고, 명상도 인생이고, 허세도 인생이고, 불평도 인생이고, 사색도 인생이고, 언어도 인생이지요." 여기까지는 필립 로스의 에세이 『왜 쓰는가』 뒷표지에 인쇄한 작가의 글이다 (문학동네, 2023). 에세이의 한 단락이 아니라 찢겨진 시의 한 연처럼 읽히기도 한다. 나는 이런 장면에 건드려진다. 나라는 인류가 그렇다는 말이다. 필립 로스의 문장에 잇대어 *끄적거려 보겠다.* 밤도

인생이고, 늦은 밤도 인생이고, 저문 밤에 내리는 밤비도 인생이고, 밤비를 보며 마시는 밤커피도 인생이고, 자정 이후에 듣는 재방송도 인생이고, 하나마나 한 퍼블리싱도 인생이고, 밤커피에 잠 못 이룬 불면도 인생이고, 후회도 인생이고, 쓰다 만 시도 인생이고, 시집에 포함되지 못한 시

도 인생이고, 시집에 포함되어 목차를 얻었지만 외면 받는 변방의 시도 인생이고, 60세 이상 출입금지도 인생이고, 죽을 생각은 하지 않고 살 생각만 하는 것도 인생이고, 시에 무엇이 있다는 신념도 인생이고, 자기를 시인이라 생각하는 시인도 인생이고, 잊지 않고 등단 지면을 밝히는 시인도 인생이고, 변비도 인생이고, 슬픔도 인생이고, 조현병도 인생이고, 자기만 썬글라스가 없다고 시에다 썼던 한양대학교 국문과 교수 시인 이승훈도 인생이고, 시인의 연구실에서 듣던 박사수업도 인생이고, 김수영의 근지러운 온몸도 인생이고, 박세현의 경장편 『여담』도 인생이고, 소설 같지 않지만 소설이라고 썼으니 소설로 읽어달라고 쓴 박세현의 표4도 인생이고, 들은 체도 않는 당신도 인생이고, '자야 자야 명자야'가 반복되는 나훈아의 '명자'도 인생이고, 책상에 누워있는 수전 손택의 『해석에 반대한다』도 인생이고, 열 두 시에 멈춘 탁상시계도 인생이고, 이렇게 쓰고 보니

 인생이 너무 많다.
 저 많은 인생을 살아야 하는 것도 인생이다.
 너무 많은 인생.

사랑은 이제 그만

나는 내가 어이없을 때가 많다.

좋은 시를 써야 한다는 자발적 강박이 그것이다. 자발적
이라고 썼지만 옳은 해명은 아닐 것이다. 자발적인 줄 알지
만 그것은 다분히 밖에서 밀려들어온 압력이다. 음험한 문
학사회학적인 압력이다. 이렇게 써야 한다. 저렇게 써야 한
다. 고매한 담론들은 얼마나 많았던가. 나는 그 말들의 입
김과 침을 받아먹으며 시를 익혀 왔다. 김소월도 고맙고,
창조도 고맙고, 폐허도 고맙고, 이상도 고맙고, 카프도 고
맙고, 삼사문학도 고맙고, 시문학파도 고맙고, 서정주도 고
맙고, 방인근도 고맙고, 김종삼도 고맙고, 김수영도 고맙
고, 김춘수도 고맙고, 천상병도 고맙고, 박용래도 고맙고,
신경림도 고맙고, 평균율도 고맙고, 정현종도 고맙고, 오규
원도 고맙고, 김지하도 고맙고, 최승자도 고맙고, 황지우도
고맙고, 장정일도 고맙고, 현대문학도 고맙고, 창작과비평

도 고맙고, 문학과지성도 고맙고, 현대시 동인도 고맙고, 시 쓰기 바빠 구속되지 못한 민중시인도 고맙다. 창간호만 내고 폐업한 문예지도 고맙고 돈 받고 시집 내주는 출판사는 더 고맙다. 여기 일일이 거론하지 못한 시인들도 모두 나의 감사의 주요 대상이다. 감사해야 할(喝)!

　문학인과 문학적 사건들이 참 많다. 짧은 문학의 역사 속에서 요동친 우리 문학사가 대단하다. 충분히 전개되지 못한 아쉬움이 없는 건 아니지만 그 또한 한국문학의 팔자소관이다. 나는 우리 문학의 기구한 전개와 더불어 지루함도 함께 느낀다. 거칠게 말하자면 우리 시들은 의미와 의미의 갱신에만 집중되었다고 본다. 김소월로부터 김수영까지가 대개 그런 혐의 속에 걸쳐 있는 건 아닌가. 학문적이거나 비평적 소견은 아니다. 대충 나의 직관이다. 엄중한 시선은 아니다. 우리 문학은 보수성이 짙다. 따져보자면 이상과 이승훈을 제외하면 진보적인 문학이 잘 관찰되지 않는다. 진보가 좋은 것이냐구요? 시는 의미를 탑재하기에 너무 연약한 규모라는 것을 강조하는 뜻입니다. 내가 감사하는

　한국문학은 나의 벽이기도 하다.
　어쩔 것인가. 벽을 넘어서야 할 것이다.
　어떻게 넘어설 것인가. 다른 벽을 만들어야 하리라.
　다른 벽. 이게 시란 말인가.
　이게 어떻게 시가 될 수 있는가. 제정신인가.

시를 쓰면서 시로부터 달아나려는 시들.
그런 시들이 몰려오기를 바란다.
시 같은 시가 너무 많습니다요.
그런 사랑은 이제 그만.

그저 쓰지요

초여름 창문이 투명해졌다.

우선 커피를 마셔야겠다.

내가 좋아하는 문장이다. 즐겨 쓰기도 하지요. 창을 통해 새날을 본다는 것이 새삼스럽고, 그 생각을 커피 한 잔에 담는 게 습관이기도 하다. 오늘의 커피는 르완다. 재즈가 그렇듯이 커피는 아프리카가 좋다. 탄자니아, 케냐, 이티오피아, 우간다 등. 커피에 녹아 있는 부족간 내전의 뜨거운 몸서리가 몸으로 흘러들어오는 듯. 지난 밤

잠자리의 내전을 정리하고 컴퓨터 전원을 넣는다.

화면이 밝아오면, 그때부터 나도 모르는 생각들이, 생각하지 않았던 생각들이 부유물처럼 떠오른다. 사유의 강가에 주저앉아 뜰채로 나는 그것을 채집한다. 매일 그렇게

한다. 오다가다 그렇게 하고 있다. 컴의 전원을 넣기 전에는 아무 생각도 움직이지 않는다. 먹통 상태가 유지된다. 뇌는 그동안 부동자세다. 컴의 전원이 눌려짐과 동시에 몸과 사유에 불이 들어온다. 드디어 내 생각이 컴퓨터에 종속되었나보다. 나의 글쓰기는 컴과 협업이 된 지 이미 오래다. 연합군인 셈이다. 갑시다. 큐. 자판을 누르면

시가 나오기도 하고, 나오다 멈추기도 하고, 말도 안 되는 문장이 생성되기도 한다. 멍청한 줄글이 찍히기도 한다. 피아노 건반을 누르듯이 즉흥적으로, 손가락 가는 대로 자판을 두드리다 보면 몸에 나름의 리듬이 만들어진다. 뜸이 들면 글의 연주는 저절로 흘러간다. 작사, 작곡, 편곡, 연주, 청중이 모두 한통속이 된다. 맑은 취기 같은 순간에 휩싸인다. 남으로 창을 내겠다는 김상용 시를 빌리자면 왜 쓰냐건 웃겠지요. 저 웃음에 무슨 제목을 붙이시려는가. 그저 쓰지요.

나라는 문법적 착각

더러 시에 나오는 시적 인물이 시를 쓴 당사자인가를 질문받기도 한다. 그렇습니다. 나는 그렇게 즉답한다. 사실은 사실이다. 내 시의 모든 시적 주체는 나다. 내 생각을 내 것인 듯 나처럼 쓰고 있다. 시 속의 인물이 나라고 대답했지만 나 자신도 온전하게 납득되는 건 아니다. 시를 써놓고 다시 읽으면서 이게 나일까 라는 의심을 품게 된다. 나랑 비슷하지만 꼭 같다고 단정할 수는 없다. 심증과 물증이 일치하지 않는 경우다. 나이면서 내가 아닌 것이다. 그러고 보니

내 시에는 나라는 일인칭 주어가 습관적으로 많이 사용되었다. 나라고 표현하지 않아도 시는 일인칭인데 유독 나를 기표하는 이유는 주어라는 문장의 기준이 있어야 한다는 강박증이다. 나는 가주어이면서 진주어다. 나이면서 내

가 아닌, 나일 수 없는, 나와는 또 다른 자아다. 영화감독이 배우에게 연기지시를 하면서 '이렇게 울어, 자, 나를 봐. 이렇게 울라고' 그러면서 배우보다 슬프게 진짜로 울어버리듯이. 그리고 자기도 놀라듯이. 내 가면을 쓴 나. 그 점에서 비트겐슈타인의 '나라는 문법적 착각'은 내 경우에도 솔깃한 성찰이다. 이것이 나인가. 진짜 나인가. 나는 무엇인가. 나는 타자의 얼굴이 아닌가. 오온개공은 또 무엇이란 말인가. 그러면서 나는 어쩔 수 없이 나라고 쓰고 또 나인 듯이 착각하고 거기에 넘어간다. 이 불가피함은 나의 몫이다. 내 시는 진실을 위해 쓰어지지 않는다. 적당히는

사실이고 적당히는 거짓이다. 사실과 거짓의 블랜딩 비율은 말할 수 없다. 사실과 거짓 사이 어디쯤 진실이라는 것이 있다면 다행이다. 없어도 상관없다. 진실은 중요하지 않다. 진실은 행복을 닮았다. 어디에나 있지만 자신을 진실이라고 말하지는 않는다. 내가 나라는 대명사에 속듯이 진실이 흔히 우리를 속인다. 내 시를

현실의 나와 대조하려 애쓸 일은 아니다. 내 시를 대하는 나의 생각이 그렇다. 소설을 읽을 때 그렇듯이 이런 인물이 있구나, 정도면 되겠다. 그래서 내가 쓴 나의 시라는 것이 나와 너무 가까이 있지 않기를 바란다. 같은 이치로 너무 멀리 떨어지기를 바라지도 않는다. 나와 가깝지도 않으면서 멀지도 않은 거리에서 내 시가 흘러가기를.

늙은 시인의 징징거림(상)

늙는 것은 좋다. 시간의 손을 잡고 흘러간다. 문예지에 젊은 시인 특집은 있어도 늙은 시인 특집은 없다. 늙은이들의 시야 뭐 그렇겠지. 한물 간 자기 세대의 생각을 관통했다는 듯이 쓰고 있겠지. 아니면 놓쳐버린 시대감각을 젊잖게 삭이면서 젊은 시인들을 거들어주는 척 하겠지. 나도 읽어봤는데 시 좋더구만. 역시 젊은 감각이야. 뭐, 이런 식으로 말이다. 젊을 때 많이들 쓰시게. 이름깨나 얻고

늙은 시인들은 형편이 좀 낫다. 젊은 시인들 숲에 있으면 늙은 시인에게 이런저런 질문들을 퍼부을 것이다. 요즘은 어떤 시를 쓰세요. 저번에 나온 시집 참 잘 읽었습니다. 심지어 건강 안부까지 챙기거나 부인의 안부까지 공손하게 물을 것이다. 명성을 얻는데 성공하지 못한 늙은 시인이야 옆에 있든 말든 본체만체 할 것이다. 명성 있는 시인은 위

엄과 권위 있는 말투로 자신의 근황을 전할 것이다. 덜 늙은 시인은 받아적기도 할 것이다. 명성 없이 늙은 시인은 구석에 혼자 앉아 있는다. 이 장면을 본 덜 늙은 시인이 거들기도 한다. 선생님도 말씀 좀 하세요. 아, 네. 그러나 명성 없는 시인은 명성이 없으므로 담론 구석에 앉아 있을 뿐이다. 명성 없이 늙은 시인이 자기 앞가림을 하는 사회적 의례다. 말없이 적절히 혹은 한 박자 늦게 미소를 지으며 대화에 참여하고 있음을 표시해주는 것이 그의 배역이다. 사실, 본디 그는 그런 인물이 아니다. 어쩌다 그는

담론권력에서 소외되었고, 문예지 청탁이 끊어졌고, 후배 시인들은 그를 죽은 개로 취급했다. 아, 네 하고 아는 체를 했으나 그의 이름과 작품을 읽어본 독자는 없다, 거의. 이것이 늙은 시인의 슬픔이자 자부심이다. 슬픔이라는 건 내가 저들보다 못한 길을 걷지 않았다는 맥없는 똥고집이다. 문인의 본색인 경시(文人輕視)의 마지노선이다. 자부심이라는 건 일종의 억지겠다. 속절없이 휙휙 지나가는 세월의 냉혹 속에 시인의 명예가 무슨 소용이겠는가. 그런 착잡한 시선은 그를 허망한 자부심으로 안착시켜준다. 사실을 말하자면, 비평의 시선이 아니더라도 그는 별 볼일 없이 늙은 시인군에 속한다. 동네마다 한둘 씩 있는 그런 시인이다. 시인조합 같은데 가입한 적이 없다는 특이점도 있다. 명함에 시인이라고 박는 것이 자존심에 부합하지 않음을 알 정도 딱 그 정도의 시인이다. 그에게도 꿈은 있었지만 시절과 재능

과 인연 없이 살아온 연유로 인해 덧없이 부풀었던 꿈은 물거품이 되었고, 어느덧 늙어버렸다. 그렇지만,

나는 실없이 늙어버린 시인을 거들고 싶다. 왜냐하면, 에, 또 그가 바로 나이기 때문이다. 내가 그에게 투영되었기 때문이다. 근사한 다른 이유는 없다. 나는 늙었으니까 저 명성 없이 문학의 그늘에 앉아 있는 노시인을 나인 듯이 돌아본다. 그가 말했던 두 가지는 기억에 남아 있다. 하나는 '왼쪽에는 와인병을 끼고 오른쪽에는 모차르트 라디오를 틀어 놓고 타자기 앞에서 죽는 것이 소망'인 찰스 부코스키의 유언이다. 하나 더 남았다. 그건 명성 없이 늙은 시인이 더 젊어서 무슨 말 끝에 한 얘기다. 중요하니까 단락을 바꾸어서 쓰겠다.

시를 쓴다는 건 말이지요, 특히 내가 시를 쓰는 건 말이지요. 늦은 밤 외진 골목길 가로등 밑에서 바지를 내리고 누군가 지나가기를 기다리며 하염없이 서 있는 심정이지요. 랭보는 이백은 김소월은 릴케는 부코스키는 잘 알았을 것이다. 온통 거시기하고 복잡한 존재론적 통증을.

가진 것은 없지만

    강릉에서 김영태 소묘집을 보고 있다,

    어느 날 끄적거려진 메모다. 몇 년 전인 듯 하다. 독거노
인이 김영태 시인의 소묘집을 보고 있었다는 말이 된다.
피아노와 무용수 그리고 시인들의 초상을 보고 있었을 거
다. 검은 선만으로 획획 그어진 소묘들. 이제하가 말을 자
주 그린다면 김영태는 피아노를 그렸다. 내 시집 표지에 두
분이 그린 얼굴그림을 넣을 수 있었으니 잠결에도 흐뭇한
일이다. 초개눌인(草芥訥人)의 유작전이 열렸던 십여 년 전
전시장에서 벽에 걸린 피아노를 슬쩍 품고 싶었던 변두리
적 욕망은 지금도 여전하고 밋밋한 통증으로 남아 있다.
전시장 소감을 몇 자 끄적거린 나의 시도 있다. 제목은 「잠
깐이다」.

    전시장을 나오니 갈 데가 없어

정류장에서 버스를 기다렸는데
기다리는 버스는 오지 않았다
나는 아무것도 기다리지 않았던 것이다
슬프다고 해야 할까
슬픔이 연착했다고 해야 할까
나도 말이다 어느 새
草芥의 육필 사인 같은 풍경인이 되었던 것
유사품이었던 것

작은 항구의 방파제를 건드리는 잔물결처럼 잔생각이 밀려온다. 추억이 되어 버린 이런저런 기억들이 발레리나의 손짓처럼 흔들리는군. 오늘은 중계동에서 그의 마지막 책 『草芥日記』(눈빛, 2017)를 펼치고 있다. 문자 그대로 일기다. 시에 대한, 음악에 대한, 무용에 대한, 영화에 대한, 전시에 대한 그의 소묘 같은 선이 움직이는 단상들이다. 읽어보시렵니까? 순살뿐인 농담이다. 하하하. 어떻게 써도 웃음은 문자에 담기지 않는다. 다시 한번. 핫핫핫. 음악을 듣고, 그림을 보고 그 느낌을 문자로 재구성하려면 늘 어긋난다. 그렇지 않습니까. 시도 마찬가지다. 독후감이나 평론은 쓰는 사람의 뇌피셜이다. 초개의 시에 대해서 뭐라고 말해봤자 별 소용이 없다. 나는 그 소용없음을 아끼겠다. 가필하면 할수록 어긋나기 쉽다. 음, 그러면서 고개를 주억거리면 된다. 고개의 각도는 충분히 알 것이다. 이런 구절이 있었다. "수유동 북한 산 자락 밑에 사시는 노 시인이 시집 받고 친필 보내주다. ─형은 '사람' 자체가 시(詩)니까."
게임 끝. 『草芥日記』는

　2017년 7월에 초판이 나왔다. 저자 서문은 2007년으로 되어 있으니 책을 준비하다가 끝을 못 본 것 같다. 짤막한 서문 중에 밑줄을 그은 문장이 있다. "가진 것은 없지만 남이 보지 않은 것을 보고 느꼈던 정신 하나만으로 한 시대를 살다간 풍경인이 남긴 선물로 남아 줬으면 한다." 시인의 마지막 말이다.

　편집자가 뽑았을 제목을 들여다본다.
　가진 것은 없지만
　없지만의 그 뒷공백이 휑하다.
　저걸 무엇으로 메꾸겠나.

새벽 세 시

잠을 놓치고 늦게까지 깨어 있을 때가 있다.

나만 그런 건 아닐 것이니 저 문장의 증상은 특별한 일은 아니다.

자정 지나고, 새벽 한 시, 한 시 지나고 새로 두 시, 두 시 지나고 새벽 세 시가 되면 어떤 세계와 마주치게 된다. 오늘도 아니고 내일도 아닌 묘한 경계가 묘하게 부서지는 시간이다. 새벽 세 시를 시의 시간이라고 말한 시인도 있다. 그런 말에 혹해서 새벽 세 시까지 깨어 있을 일은 아니다. 속지 말자. 그건 그렇게 말한 당사자의 시간이다. 그 시간은 새벽 기도를 가는 사람들이 자명종의 도움을 받고 깨어나는 시간이다. 소변줄기가 짧은 남자가 화장실에 가는 외로운 시간이기도 하다. 시의 시간은

새벽 세 시보다 오후 세 시가 적당할지도 모른다.

새벽 세 시는 이미 시인데 거기다 무얼 보태겠는가. 오후 세 시는 살아있는 시간이다. 움직이는 시간이다. 하루의 일이 상당부분 진행되었지만 마치기에는 이른 시간이다. 더 움직여야 하고 더 집중해야 할 시간이다. 시급처럼 하루치 삶에 대한 희로애락도 윤곽이 나올 만한 시간대다. 다소 애매하지만 애매한대로 삶의 모습이 떠오르겠다. 결론이 아니라 진행형의, 오리무중의, 계산과 의식과 능률만 둥둥 떠다니는 오후의 그 시간을 나는 시의 시간이라 읽겠다. 밤이 되면 그 시간들은 가라앉고 혼란은 분명해질 것이고 결론은 허망하기 쉽다. 심야사색이 가공하는 자의식에는 한계가 없다. 그렇지만 나는

심오하게 공들인 사색의 결론보다는 뒤죽박죽인 채로 던져지는 오리무중을 더 시로 사랑한다. 비유 없이, 시라는 장식 없이, 이론의 오염 없이 시인의 내적 발화만으로 작성되는 시를 지지한다. 무의식이 아니라 의식, 비현실이 아니라 현실에 몸을 담근 시가 그런 시들이다. 의식은 언제나 무의식의 지시 속에 있고, 현실은 부족함 없는 비현실로 상연되기 때문이다. 어떤 시인은 막바로 무의식과 비현실을 쓰기도 한다. 솔직한 방법이다. 오후 세 시 스타일의

시인이 누구냐고 묻는다면 주저하게 된다. 그런 유형의 시인이 아주 없는 것은 아니지만 심야 형의 시인들이 주류다. 시를 쓰는 시간대를 말하는 게 아니다. 멘탈구조의 문

제가 된다. 새벽에 속지 말자. 비공식적인 토론이니 귀담아 둘 일은 아니다. 그렇거나 말거나. 내 말을 귓등으로 듣고 넘길 당신의 건필을 기원하겠다.

늙은 시인의 징징거림(중)

「사월의 끝」은 1972년 동아일보 신춘문예 당선소설이다. 작가는 한수산. 1946년생. 내 나이 스물이었던가. 50년 저쪽의 일이다. 100년이 안 되었으니 아직이라고 해야 할지 벌써라고 해야 할지 그렇다. 이 단편을 읽으면서 내 정신의 일부도 형성되었을 것이라 사후적으로 짐작한다. 이 소설은 그러니까 김승옥도 아니고 최인호도 아닌 소설이다. 이외수나 박범신과도 다른 분류가 된다. 신문지면에서 그 소설을 읽던 날의 두근거리는 흥분은 지금 생각해도 심장의 같은 부분이 움직인다. 작가는 장편『부초』를 쓰면서 주변부 삶에 대한 애착으로 소설세계를 옮겨간다. 그뒤 한수산 필화사건을 겪고 거기에 엮여 시인 박정만이 쓸데없이 죽게 된다. 한수산의 당선소감 한 구절이 내 기억 어딘가에 남아 있다. 정확한 워딩은 아니지만 '작가라는 자유가 그리웠다'는 말이다. 스무 살 그때는 그 말이 수사로 읽혀왔는데 세월이 지나가면서 '작가라는 자유'는 내 나름의 뼈대를 갖추어갔다. 작가라는 자유 같은 것에도 묶이지 말자는 의미까지 포함한다. 여기 타자하고 있으려니 마음 구석이 자욱해진다. 나는 시인이라는

자유를 누리고 있는가.

시인의 자유는 무엇인가. 내 생각만 펼쳐놓겠다. 시인의 자유는 시를 쓰는 것이고, 자기 생각이 뻗치는 시를 쓰면 될 것이고, 대중이 열망할 수 있는 시를 쓰면 좋을 것이고, 대중의 변덕에 호소하지 않아도 될 것이고, 문학상과 상금을 거두어들이면 좋을 것이고, 문학상을 거절할 수 있으면 더 좋을 것이고, 독자가 사양하는데도 저자 사인을 해주는 시인도 괜찮고, 독자의 바램과 상관없이 무슨 신념인 듯이 저자 사인을 하지 않아도 괜찮다. 의식 있다는 듯이 정치적 소신을 피력해도 좋고, 그런 문제에 입을 다물어도 상관없다. 시인은 쓰는 것만으로도 충분히 사회에 간섭하고 있다. 감옥에 가지 않을 정도로 발언 수위를 조정하면서 시인의 존재감을 즐겨도 좋을 것이다. 내가 알 게 뭐냐는 식으로 써도 좋은 건 좋다. 문제는 용기인데 시인에게 용기는 굶어죽을 용기가 그중 으뜸일 것이다. 굶어 죽은

시인은 누구지?

찾아봐야겠다. 한국문학이 전개된 지 100년이 지났으니 그런 시인 한둘이야 없겠는가, 설마. 옥살이를 하다가 죽은

시인은 제외한다. 그들은 죽었다기보다 당한 것이니까. 허전한 일이다. 정작 떠들고 싶은

말은 자다가도 벌떡 일어나서 읽고 싶은 시는 있는가. 침을 튀기며 한 사흘 쯤 영업하고 싶은 시는 있는가. 죽을 때도 같은 책 서너 권 가지고 가고 싶은 시는 없을까. 문학교수가 침을 튀기며 분석하는 시가 아니라 존경과 질투를 담아 노구에도 불구하고 필사하고 싶은 시는 없을까. 딱 지금 내 심사를 조율해주는 시는 왜 없는가. 모르는 시인의 굉장한 신작 시집을 읽으면서 더 이상의 시는 없겠다고 생각하면서도 찌꺼기는 남는다. 디자인은 좋지만 핏이 맞지 않는 옷이 있듯이 그렇다. 세상에 나를 위한 시는 없구나. 그래서 또 끄적댄다. 이 슬픈 근자감. 저 슬픈 근자감들.

　　인생은 살기 어렵다는데
　　시가 이렇게 쉽게 쓰여지는 것은
　　부끄러운 일이다 (윤동주)

'나는 심한 부끄러움을 느꼈다.'
　김승옥의 「무진기행」의 마지막 문장도 부끄러움에 대한 온몸 자각이다. 격하고 아리게 공감한다. 그러나 그럼에도 불구하고

　인생은 살기 어렵다는데 시까지 어렵게 쓰여진다면 무슨

재미로 살겠는가. 각자 작가라는 자유를 자신의 전선에서
전개해야 할 일이다.

　우선, 커피부터 마셔야겠다.

　오늘은 자유로운 믹스 커피.

골방 시인

떠나가는 봄의 뒷자락이 비에 젖는 연휴의 밤이다.

나는 오늘 밤 재즈수첩을 들을 것이다. 이제 그만 들어
도 되겠다 싶은데 여전히 나는 재즈에 관한 초심 근처에
서성거린다. 미련이거나 집착이지만 재즈북을 읽으며 보냈
던 시간들이 새삼스럽다. 내게는 재즈가 그렇고, 백상현을
경유하는 라캉의 정신분석학이 그렇고, 홍상수 영화가 또
그렇다. 이들 사이에 무슨 공통점이나 혈연성이 있는지는
잘 모르는 일이다. 어떤 편벽성이 간섭되어 있기는 할 것이
다. 과장이지만

내가 쓰는 시라는 물건도 한 편의 재즈처럼 내 아닌 다
른 사람들에게는 그냥 그렇게 여겨지는 잔여물이다. 내 언
어와 문장의 벽이다. 일인용 분비물이다. 내 안에서 밖으로
나가는 통로를 만들지 못하고 있다. 읽는 사람을 탓할 것

은 아니고 내 언어의 전압을 숙고할 일이다. 그렇다고 하더라도 내 시가 급히 달라질 일은 없을 것이다. 잔여 시간도 없다. 여전히 나는

쓰던 방식을 유지할 것이다. 문체도 바꾸지 않고, 집필 방식도 그대로 할 것이다. 대안이 없다. 혁신은 난망(낭만)이다. 얼마나 지루할까? 그렇다. 지루함을 넘어 거의 따분하다. 거기에도 철학은 담긴다. 내 작업이 무슨 의미가 있는지 모르겠다. 안다면 얼른 때려치웠을 것이다. 모르니까 그것이 기뻐서 가는 거다. 모르면서 사는 이치와 같다. 개똥철학이지만 인생에는 이렇다할 의미가 없다. 의미가 있다는 듯이 썰을 푸는 인간들을 조심해야 한다. 문학의 불온성은 그런 사실을 자꾸 들추어낸다는 데 있다. 빌빌거리며 시나 쓰는 것들이 감히 세상의 이데올로기에 삿대질을 하다니. 나는

골방에서 시를 쓰는 골방 시인이다. 골방이 말하듯이 골방은 개별적인 고독의 공방이다. 그것이 전부다. 그 이상 필요한 것이 더 있을까. 소통 같은 말은 하지 마세요. 나 같은 인류에게 소통은 농담이 된다. 골방은 나 자신을 극대화시키는 공간이다. 내 언어는 벽을 넘지 못하고 사라진다. 골방은 자신을 이유 없이 허물었다 다시 쌓는 공간이다. 시지프스의 노동이다. 내 시는 그 길을 가고 있다. 필립 로스의 말을 무단으로 인용하겠다.

"나의 공적 평판—나의 작품의 평판과는 구분되는 것으로서—은 내가 가능한 상관하지 않으려고 노력하는 것입니다. (…중략…) 나는 인쇄물 외부에서는 공적인 삶이란 것이 전혀 없다시피 하니까요. 나는 이것이 희생이라고 생각하지 않습니다. 그런 것을 별로 원한 적이 없거든요. 또 나는 그런 것에 맞는 기질도 아닙니다. 혼자 글을 쓰는 것이 내 삶의 거의 전부입니다. 어떤 사람들은 파티를 즐기듯이 나는 혼자 있는 것을 즐깁니다. 그것이 나에게 개인적 자유라는 엄청난 감각, 또 살아 있다는 예리한 감각을 줍니다. —또 나의 상상을 진전시키고 내 작업을 하는 데 필요한 고요와 숨쉴 공간도 제공하지요. 나는 나를 모르는 사람들의 마음속에서 환상의 피조물이 되는 것에 전혀 기쁨을 느끼지 않습니다.— 선생님이 말한 명성이라는 것은 대체로 그런 것으로 이루어지지요."

1974년 조이스 캐럴 오츠가 진행한 인터뷰다. 평단과 대중의 반응에 대한 소설가의 입장이 선명하다. 인용은 같은 작가의 책 『왜 쓰는가』 196쪽. 필립 로스의 인용은 앞에서 했는데 어디선가 다시 할지도 모르겠다.

이가 없으면 잇몸으로

어제 이어서 연 이틀째 비가 내린다.

마지막 내리는 봄비라 명명해야겠다. 전에는 빗소리듣기모임이라는 문장상의 모임을 설정하고 즐겨 사용한 때가 있었다. 나는 모임의 창설자이자 준회원이기도 했다. 이것이 바로 나다. 회원이 아니고 왜 준회원이냐고 묻는 경우도 있었는데 그런 생각이 바로 나의 시쓰기에도 배어 있다. 빗소리와 빗소리를 듣는 준회원은 생래적 호응관계라 믿었다. 이 모임은 문장상의 설정이기에 현실 속에는 존재하지 않았다. 해체되었지만 지금도 나는 빗소리듣기모임에 감사하면서 가끔 전직 준회원 자격으로 은밀하게 참여하기도 한다. 빗소리듣기모임에 가입을 희망했던 몇 분에게 이 자리를 빌어 고마움을 전한다. 나는 청탁 없는 글을

쓰고 있다. 지금도 그렇다. 누구의 부탁도 시킴도 없다.

그런 나를 손수 격려하고 칭찬해준다. 시가 되기도 하고 토막글이 되기도 하고 에세이가 되거나 소설이 되기도 할 것이다. 여러 장르의 글을 쓴다는 의미는 아니다. 다시 말해 내 글쓰기가 꼭 시이거나 산문이어야 한다는 자기 규범을 내려놓는다는 뜻이다. 잡문이어도 상관없다. 잡문이 더 순수할 때도 있다. 요컨대 나는 대단한 소명도 없이 책상 앞에 앉아서 피아노 소품을 연주하듯이 자판을 두드린다. 타자기처럼 요란하지는 않아도 키보드에서는 낮은 음악이 울려온다. 일정한 박자와 리듬으로 또드락거리는 소리는 나의 숨소리를 닮아간다. '대단한 소명도 없이'라고 썼는데

이것은 사실이다. 전적으로 진실이다. 목표 따위가 있다면 이렇게 지속하지는 못했을 것이 틀림없다. 독자의 지지가 있었다면 더 빨리 시들해졌을지도 모른다. 팬클럽의 감시 때문에 드러내놓고 연애도 못하는 가수도 있다지만. 내 글의 독자가 거의 나뿐이라는 사실은 충분히 복된 일이다. 글 잘 읽었어요. 건필하시길. 평단의 격려와 응시가 있는 것도 아니면서 쓰고 있다. 71세의 그는

노인인데도 여전히 현역에서 노트북 자판을 두드리고 있다. 이런 문장을 나는 혐오한다. 퇴직하지 않고 연장 근무를 자처하는 노인을 대하는 젊은 동료직원의 시선이다. 과하게 말하자면, 환갑인데 여전히 살아 있다는 말과도 같은 시선이다. 이와 같은 문장의 영역에 있는 사람의 고정적 관

념은 강력 스카치테이프 같아서 한번 붙으면 떼어지지 않는다. 떼어진다고 해도 물체의 표면을 안고 떨어지기 쉽다. 무서운 관성이다. 저와 같은 사고는 여러 곳에서 여러 차원으로 현실을 움직인다. 소위 문필인이라는 부류들도 이런 미몽의 애착 속에 놓여 있는 경우를 자주, 흔히, 많이, 늘, 항용 만나게 된다. 이런 시는 시가 아니지 않어. 이런 소견의 주인들이 바로 그런 시선의 시종들인 셈이다. 이론과 대학원 수업과 창작 실기 시간의 합평과 창작트레이너에 귀속된 이런 부류의 시선이 한국문학의 전개를 담당하고 있다. 입만 열면 새로운 문학을 떠들지만 그것은 자신의 치부를 가리는 공염불이다. 때만 되면 검은 양복차림으로 줄과 발을 맞추면서 현충원에 나아가 향을 피우는, 정치하는 무리들의 고리타분한 상상력이 떠오른다. 자신들의 이기심을 그렇게 가리면서 속이는 의례다. 속는 일도 이골이 난다. 나는 방향 없이,

소명 없이 쓴다. 쓰는 일만이 방향이 되고 소명이 되어준다. 그것이 내적인 충만을 가져다준다. 살아있음에 대한 보복 같은 행위다. 카프카는 낮에는 직장에 다니고 밤에는 글을 썼다. 심심하다는 이유로 이 문장에 나를 대입해 본다. 나는 낮에는 글을 쓰고 밤에는 산책을 한다. 반대가 될 때도 있다. 이렇게 쓰면 누군가 나를 해석할 때 꽤 유력한 뇌피셜을 전개할 수 있을 것이다. 나는 저런 규칙을 가지고 있지 않다. 참고하시길. 그게 나의 리얼리즘이다. 카

프카는

1924년 마흔의 나이로 죽었다. 친구 막스 브로트에게 자신의 원고를 모두 소각해달라고 부탁했는데 막스는 카의 유언을 무시하고 이 원고를 출판했다. 카의 친구는 잘한 일인가. 잘했는지 잘못했는지 누가 판단하겠는가. 카프카의 소설 원고가 그의 유언대로 집행되었다면 세계문학은 큰 손실을 입었을 것이다. 사실대로 말하자면 카프카의 자리가 없어졌겠다. 이가 없으면 잇몸으로 견딘다는 속담은 놀라운 경험론적 발견이자 예언적 주술이다. (웃으면서) 나도 세상에 존재하지 않는 누군가의 원고를 복원하기 위해 키보드를 두드리고 있는 건 아닌지.

2부
스무 편의 시

여기 내가 있다

종로 오가 12번 출구 앞
시간은 봄날 오후 다섯 시 십오 분
(여섯 시라도 상관없다)
거리에 새로 내단 연등을 본다
나는 그렇게 잠시 존재한다
나는 시적인 자아도 아니고
설정된 소설 속 인물도 아니다
그냥 맨나다

중편 분량의 권태를 등에 업은
3류 소설의 화자 같다고나 할까
파탄난 구성의 뒷골목을 서성대며
자기 주변을 왔다리 갔다리하면서
없는 존재를 기다리고 있다
한백년은 기다리겠다
오백년도 거뜬하다

광장시장 건너편 종로 오가
누구든 만나지기를
어떤 장면이든 연출되기를 바라고 있다

시는 왜 이다지도

가만 있어도 되는데
또 시를 쓴다
시는 이런 건가?
아침에 먹은 양파가 위장에서
사각거리는 투명한 소리
어제 읽은 아무개 시보다 쓸쓸하다
이 존재론적 흥얼거림
일생이 무문관이다

무슨 뜻이냐?
말이 되는 소리는 지겹다
제자가 연구실 문을 열고 들어와
1학년 교양과목 학점 수정을 요구했다
그는 졸업하고 취업도 했다
이제 와서 아니 이제 와서
나는 이제 교수가 아니라고 했더니
자기도 학생이 아니라며 그저
수정하는 시늉만 해주면
은혜를 잊지 않겠다고 말하길래
그가 내민 손바닥에
수정하는 시늉을 해주었더니

제자는 크게 웃으며 가지고 온
비타500 한 병을 내밀었다
어제는 바람이 심하게 불고
그 바람에 산불이 번지고
경포해변 단골 길카페가
유언도 없이 화끈하게 타버렸다
이제 어디 가서 커피를 마시겠나
또 한번 강원특별자치도 해변을 떠나면서
다시 볼 수 없는 커피집과 파도를 생각한다
어제의 파도는 오늘의 파도가 아니다
나도 어제의 내가 아니다
열차 밖으로 열심히 달리는 봄빛을 보며
더는 학점을 고쳐주지 말아야겠다고 결심한다
이 시는 2023년 4월 16일 12시 25분
청량리행 ktx 6호차 3b(통로측)에 앉아서 쓴다
나는 낮밤 가리지 않고 쓴다
누가 보면 웃겠지
웃으라면 웃으라지
나도 웃는데 누군들 안 웃겠는가
어느 것이 시가 될지 몰라 때도 시도 없이 쓴다

내 시집을 읽고 토크북 같은 거 하자는
제안은 없다 있어도 큰일이다
무슨 말을 하겠는가
할 말이 없다 그렇다고
시집 사달라고 할 수도 없고
우습지 아니한가
진지한 척 고뇌하는 척 쑥스럽다
그런 거 이제 싱거워라

지금 쓰는 시는 청량리에 도착할 때까지
끝이 날 것 같지 않다
어디서 매듭을 지을지 감이 오지 않는다
시는 왜 이다지도 끝나지 못하는가
끝이 보일 때까지 계속 써야 한다
지겹구나 시는 참 지겹구나

무슨 그런 말씀을

잘 있느냐고
별일 없느냐는 카톡이 뜬다
별일 없다
그렇게 답을 쓴다
시집을 냄비받침으로 써서
죄송하다길래
무슨 그런 말씀을 하시냐고
그 정도면 성공적이라고
답글을 썼다
아무렇지 않다

내 시쓰기의 기원

아마도 내 시쓰기의 기원은 중학시절
신석정의 시집『빙하』였을 것이다
어머니 그 먼 나라를 아십니까?
시냇물 소리나 바람소리
풀벌레 소리는 생략하겠다
그 이후에 김소월을 만났고
한용운도 있고 이상화도 있고 이육사도 있다
미처 이렇다할 영향은 받지 못했지만
서정주와 이상도 읽었을 것이다
임화나 카프계열은 읽을 기회가 없었으니
젊은 날 내 독서목록에는 없는 존재들
정지용과 박용철 김영랑 등 시문학파도 있군
윤동주를 읽었으며 훗날 김지하는 버거웠고
황동규 초기시도 내게는 낯설었다
그는 죽어서도 꿈꾸고 싶다고 했던가
죽어서 꿈을 꾸다니 말이 되는가 그렇다
말이 되면 시라고 부르겠는가
너무 시 같은 시는 시가 아니었음을!
김춘수가 더 시 같았는데
김수영이나 김종삼은 그때 놓쳐버렸으니

죽어 영혼 같은 거 없으면 어떠리
『평균율』 3인방 중엔 김영태보다 마종기가 좋았다
정현종은 멋으로 읽었고 좋기는 최승자였고
황지우도 그렇다
정현종의 어록: 당신들은 역사를 독점하시오
나는 덧없음을 독점하겠습니다 (느낌표 두 개)
나이 더 먹고 삶이 그윽해지고
곤고해진 나의 하오가 찾아들 무렵
김영태와 김남주 때로는 이승훈이 읽혔다
웬일인지는 모르겠다 인연이다
이승훈의 시 같지 않는 문장에 걸려넘어졌다
천상병과 대전의 울보시인 박용래는 부록
우리집 근처 공원의 천상병 시비
외롭게 서 있다 가끔 거기 간다
읽었던 시 또 읽고 터덜걸음으로 돌아선다
외롭게 살다 외롭게 죽을
내 영혼의 빈 터에
새날이 와 새가 울고 꽃잎 필 때는
내가 죽는 날
그 다음날

휴지로 시비의 미세먼지를 닦아준다
나라도 이런 봉사를 해야지
미당의 동서 김관식은 그냥 시인이었던 것
본명 오규옥인 오규원의 전집도 읽는다
그가 말년에 요양했던 영월 수주에 가서
그가 바라보았을 강물을 보기도 했다
두두물물 두물두물
불러도 주인 없는 이름이여

부르다가 내가 죽을 이름이여
13인의 아해들이 달려가는 막다른 골목이여
놋주발보다 더 쨍쨍한 이승의 추억이여
나는 아직도 시 쓰는 법을 모른다
그대들 모두 환상이라는 이름의 역에서
내게 마구 달려와서 외로운 짐승이 되었다
내가 당신들의 문장에 왜, 어떻게, 어디로
마음 빼앗겼는지 슬금슬금 알 듯 하외다
요새는 무명의 등단도 하지 않은 족보도
근본도 없는 문학 근처에도 가보지 않은
듣보잡의 황잡하고 미련하기 짝이 없는
방외의 시들을 굳이 찾아 읽고 있다

왜? 그런지는 내 알 바 아니다
바야흐로 인공지능이 시를 쓸 것이니
생고생할 건덕지가 없어 후련하다
나의 한국문학사 요약본을 자축하기 위해
어느 절집 뒷마당에 가서
참선 연습이나 좀 하고 와야겠다

○
다른 시인들의 시가 다수 포함되어 있다.
출처는 헛수고 같아서 고의적으로 적지 않았다.

보슬비 오는 거리

모처럼의 공연은 흥건했지
보슬비 오는 거리를 합창하고
노래방을 나와 드문드문 불꺼진
상계역 앞 골목길을 걸었다
이 나이에 라이브 공연이라니 미쳤지
미쳐서 좋았지

아무개 시가 좋다느니 안 좋다느니
술집에서 했던 말 맨정신으로 취소한다
세상에 나쁜 시가 어디 있겠어

곧장 집으로 들어오지 못하고
이곳저곳을 더 걸었던 밤
골목이 젖고 밤이 젖고
쓰지 않은 시가 젖고

이팝나무 그늘

휴전선도 넘어가보지 못하고
남한에서 시창작 단기강좌를 듣고
시를 쓰고 앉아 있다
내 얘기다
습관성 사이비 통증이여
민족주의도 냄새가 난다
내 생각이다
지식이여 값싼 신념이여
전직 대통령들이시여
집으로 돌아가시라
역사의 환멸이 그대를 기다릴 것이오
내 집앞 쓰레기를 싣고 간
환경미화원에게 당부해두자
사회관계망서비스의 투덜거림이여
인공지능 흉내내는 시인이여
지겹도다
이게 내 생각인지 돌아본다
오늘은 저 이팝나무 그늘 밑
빈 터만을 살아보자

무직에서 근무하다

9호선에 몸을 싣고
마곡나루역에 내렸다
대학친구를 만나 안면도산
(내가 대학을 다녔다는 사실을
곰곰이 확인하며)
바지락이 들어간 칼국수를 먹었다
국수 면발처럼 심심한 대화
대화 대화

미세먼지 가득한 하루
종일 무직에서 근무했다
바오밥나무가 사는 식물원도 구경하고
봄바람에 이마를 충분히 적시며 서둘러
한강을 헤엄쳐 건너왔다 탄생 100주년
덱스터 고든을 듣기 위해서다
이런 핑계는 얼마나 자명한가

그러니까 그게

새가 허공을 흔들며 지나간다
작년 이맘 때 본 그 새일 것이다
어제는 ktx를 타고 서울에서 온 친구들과
모처럼 전생을 살았다
서로의 칠순에 기대며
흘러내린 노년을 닦아주는 봄저녁
월화거리를 걸으며 누군가는 말했다
저기 어디쯤이 고등학교 시절
자취하던 곳이야
우리는 일제히 그곳을 바라보았다
자기가 밥을 해 자기를 먹이던 날들
저기 어디쯤 있는 먼 그곳
빈손으로 추억을 지우는 밤
그러니까 그게
무슨 말을 하려는지 오락가락하는
밤

부질없음에 대하여

짜증나지요 그렇습니다
밤중에 깨어 시를 쓰고
어디까지 잤는지 몰라 처음부터
다시 잠을 부르는 어지러운 밤처럼
시쓰기는 부질없는 짓이지요
그런 줄 번연히 알면서도
부질없고 싶은 욕심을 못 참고
깨어나 시를 두드리는 밤

키보드 달그락거리는 신음소리에
실신한 시가 깨어난다면 좋겠지요
천둥 치고 비가 쏟아지는 창밖
저 우주의 바깥을 내다보면서
부질없음을 건너가지요
나는 시적 인물은 아닌가 보다
책상 위에 놓인 물 한 컵을 마시고
정신을 차리기로 합니다

여생

주중엔 소설을 읽거나
평범한 에세이를 읽고
주말엔 재즈를 듣는다
말하자면 탄생 100주년을 맞은
웨스 몽고메리의 깃털 같은 기타
시는 없군

시는 꿈으로 충분하외다
그렇게 쓰니 폼은 나는군
폼은 모르지만 불편하지 않수다레
경축
여생은 경축 없이 살아지이다
시에 기대지 않겠다는 말씀이군
꼭 그런 건 아니지만

春三月

시집 원고를 수정하다가
보내기 버튼을 눌러버렸다
더 붙잡아봐야 별것 없다고
손가락이 먼저 알아서 처리한 일이다
활자에 코박고 밤을 돕던 나를
해방시켜주고 싶었던가 보다

내 문학이 별 볼일 없다는 거
나만 빼고 알 사람 다 알지만
착각하는 재미로 산다
그게 좋다

春三月이다
꿈이 먼저 눈 뜬다
입 닫고 멀리 갔다 와야겠다고
나만 들리도록 중얼거린다

내가 시를 쓸 때

내가 시를 쓸 때
컴퓨터 화면과 나 사이
밤과 낮 사이
내가 쓴 시와 내가 쓰지 않은 시
오지 않는 시와 오다가 멈춘 시
컴퓨터 화면 뒤에서 머뭇대는 시
내가 쓸 수 없는 시
내가 써도 아무렇지 않은 시
내가 써도 시가 되지 않을 시
모른 체 하고 쓰는 시
시라고 우기는 시
자판을 두드리면 줄줄 흘러나오리라
이것들이 시라고? 웃으면서 나는
내가 쓴 시를 쓱 뭉개버린다

반성 이후

좀 다른 시를 쓴다고 하면서
써놓고 보면 그게 그거다
세상에 어쩌다 이런 일이!
궁리해 봐도 답이 없는지라
쓰던 대로 쓰기로 한다

이런 반성은 반성 이후에도
반성 이전과 달라지지 않을 것이다
그렇다고 시를 끊을 수도 없는 밤
누군가 내 시를 읽고
늘 그 타령이라 비평하면
안심이 되고 고맙기도 하다
쓰던 대로 쓰면 안 되는 이유는
무엇인가

한 컷의 슬픔

마음에 헛간을 들이려고
망치질을 하듯

오늘은 허공 사잇길을 걸었다

어디에도 없는 도로명 주소
그런 길 하나쯤 감춰두고 살아야 한다

강물은 흘러가지만

어떤 강물은 멀쩡히 흘러가다가
생각났다는 듯 뒷걸음으로 돌아와
내게로 흘러넘치며 찰랑거린다

슬픈 듯
잘못된 슬픔이라는 듯

문학합니다

꿈을 꾸는 중이다
행인이 물었다

뭐 하는 사람입니까?
문학합니다

행인이 웃었다
나도 덩달아 웃었다

구름 한 개도 없는
하늘

제목마저 지운

Have you ever seen the rain
CCR의 늙은 노래를 대신 부르는 아침
비가 온다
철지난 시론을 읽는 사람
나는 아니다
현장을 사수하고 싶다
일용할 덧없음과 근거 없는 나날
전위적인 웹소설을 읽다 잠든 밤이여
평균에서 덧난 증상이여
대가리에 든 게 없는 잡범들의 주장이
광적으로 먹히는 나라
나는 죄가 없습니다 그렇게 말하는
그대의 입이 그대의 죄를 가리고 있음이다
더럽고 후진 신념들만 빼면 남한도 살만 하다
비를 보는 아침 초여름
맨입으로 커피 생각

다정하여라

불암산 바위벽이 아파트 사이로
덜 여문 여름을 꺼내놓는다
지금 나의 키워드는 우연
우연히 생겨나 우연히 살면서
우연히 커피도 마시고 우연히 우연히
우연히 이 길을 지나가며
하루치 우연을 살아간다
우연은 신념도 만들고 양아치도 만들고
대통령도 만들고 덧없음도 만든다
세상만사가 우연의 부산물임을
싱겁게 알아차리게 된다
길끝 편의점에서 소주 한 병을 슬쩍
품에 넣고 나오는 벙거지 남자
옛날시인 그 분과 마주친다
다정하여라

뜻 없는 시

영진항에서 팥빙수를 먹었다는
사실을 사실처럼 쓴다

엷은 파도를 얹은 빙수가 지금도
내 속에서 녹고 있다
가을은 아니지만
초가을 같은 바람
미지근한 마음에 티끌 내려앉는
소리가 들리는 듯
들린다고 다시 쓴다

누가 뭐라든

이런 결핍의 시대에
시가 무슨 소용이 있겠습니까?
샤뮤엘 베케트는 조용히 대답했다
진짜 모르겠습니다

소용 있다는 머저리도 있더구만
햄버거를 씹고 있던
지젝이 혼자 중얼거렸다

시가 소용없는 시대를 사랑하며
남모르게 아껴가면서
소용없음에 헌신해야겠다
누가 뭐라든

작가의 길

나는 쓰지 않는 작가랍니다
아무것도 쓰지 않고
아무것도 읽지 않고
아무것도
아무것도
생각하지 않는 작가랍니다
이것이 작가의 길이라는 사실을
깨우치는데도
많은 날이 걸렸답니다

3부
성공적인 오해

50년 뒤

거리는 여전히 사람들로 넘실거렸다.

날씨는 맑았으며 기상청은 쾌청이라고 발표했다. 미세먼지는 50년 전이나 지금이나 큰 차이가 없었다. 사람들을 따라서 걸었다. 사람들의 걸음새도 많이 변했다. 어색했지만 옛날 방식으로 걸었다. 내 의상은 자연사박물관에서 나온 듯 야릇했지만 할 수 없었다. 50년 전 패션이니까 당연한 일이다. 거리와 사람들은 50년 전에 내가 보았던 것과 비슷해보였지만 나만 알아차리지 못하는 것이었다. 먼저

가보고 싶은 장소는 내가 마지막으로 살던 아파트였다. 내가 살던 아파트 25층 2호실. 불암산 전경이 보이고 한편으로는 멀리 잠실 타워가 보이던 곳. 내가 시를 끄적거리던 곳이다. 아파트는 그대로였지만 외관은 많이 노쇠했고 아파트를 수위하는 나무들도 노인이 되었다. 나도 모르게

중얼거렸다. 덧없구나. 세상 모든 부질없음의 부질을 위해 축배. 한번 더. 50년 전 그날도

나는 책상에 앉아 시를 쓰고 있었다.

그것만이 전부라는 생각으로 그런 것은 아니고 그런 몰입감을 몸에 새기고 있었을 것이다. 나의 시쓰기도 생활苦의 변형이다. 일면 그렇다는 말이다. 사람들은 이런 나를 시인이라 부르기도 했다. 그렇구나. 내가 시를 썼던 사람이구나. 시가 있는 게 아니라 각자의 시가 있었구나. 50년 만에 우연히 돌아와서 내 삶의 현장을 돌아본다는 건 흥미롭고도 측은하다. 나는 지옥에서 왔는데 그곳도 심심하지는 않다. 지인들이 모두 거기 모여 있기 때문이다. 생각보다 살기 괜찮기도 하다. 워낙 남한에서 충분히 예행연습이 되었기 때문이다. 오늘은 모처럼의 홈 커밍 데이. 어떤 단어로도 충분하지 않은 잔여가 남는다. 아파트 현관에

붙어 있는 벨의 꼭지를 눌렀다. 금방 외출에서 돌아온 듯이 자연스럽다. 이승의 습이 저승의 습에도 이어지는 모양이다. 잠시 후 젊은 여자 목소리가 나왔다. 누구세요? 전에 여기 살던 사람인데요. 지나다가 생각이 나서 벨을 눌러봤습니다. 죄송합니다. 거기까지

말하고 나는 엘리베이터에 몸을 집어넣고 다시 하강 버튼을 눌렀다.

그 이상의 말은 생각나지 않았다.

괜히 왔다는 생각이 들었을 때 승강기의 문이 활짝 열렸다.

"인간의 삶이란 난해한 미완성 시에 붙인 주석 같은 것."

블라디미르 나보코프의 말을 여기 타자한다. (창백한 불꽃, 문학동네, 89쪽, 2019. 출전을 찾아 붙이고 있는데 2019년에 문학평론가 홍정선과 둘이 갔던 장가계 유리잔도가 생각난다. 이 무슨 난데없는 꿈인가.)

본문 없는 주석이여. 원작에 없는 떠돌이 인물이여.

허공중에 헤어진 이름

시낭독회가 많아졌다.

서점과 카페와 출판사 그리고 시인의 이해가 만들어낸 궁즉통의 마케팅이다. 시인이 독자를 만나는 플랫폼이다. 영한 시인들이 출연진으로 섭외된다. 골방의 시가 골목으로 나와 자신을 전시하는 장면이다. 좋은 반응이 이어지기를 바란다. 자신이 일하는 편의점에서 사인회를 갖는 저자도 등장했다. 관습적인 포맷들이 해체되는 신호다. 낭독회 하면

생각나는 사람이 찰스 부코스키다.

그가 낭독회에 대해 쓴 글들을 찾아보겠다. 한국의 낭독회 풍경과 비교해보는 것도 흥미롭다. 글은 『와인으로 얼룩진 단상들』에서 베긴다. 207쪽. "대부분의 시인이 형편없이 낭독했다. 그들은 너무 겉멋이 들었거나 멍청했다. 너무 조

용하게, 혹은 너무 시끄럽게 읽었다. 물론 그들의 시 대부분이 엉망이었다. 하지만 관객들은 눈치채지 못했다. 그들은 사적인 부분에만 눈독을 들였다. 잘못된 타이밍에 웃고 잘못된 이유로 잘못된 시를 좋아했다. 그런데 형편없는 시는 형편없는 청중을 낳는다." 부씨의 낭독회 소감은 대체로 부정적이다. 낭독회가 다 이렇지는 않을 것이다. "청중은

시에 관심이 없어 보였다. 그들이 관심을 드러내는 건 사적인 부분이었다. 시인이 어떻게 생겼지? 어떤 식으로 말하지? 낭독회가 끝나면 어떻게 될까? 시인이 자기 시처럼 생겼을까? 시인에 대해 어떻게 생각할까? 침대에서는 어떨 것 같아?" 과연 세계문학사의 개자식다운 반응이다. 한국의 상황은 아니다. 오래 전 미국의 낭독회 얘기고 그것도 부씨의 독설이다. 사실이야 저렇든지 그렇든지. 시인이 자기가 쓴 시를

자기의 목소리로 읽는다는 것은 괜찮은 연극이다. 독자들은 미학적 쾌락을 경험하는 기회도 된다. 낭독의 순간, 시인은 시적 화자에 자신을 일치시킬 수 있다는 점에서 연극적이다. 무릇 모든 텍스트의 낭독이 그러하다. 낭독회는 시인들의 발표무대다. 무대자아가 되어서 세상을 향해 자기를 열어보이는 기회다. 연주회가 끝나고 자리에서 일어나 박수를 치는 청중들 중에는 음악적 감동보다 지루한 착석감을 떨쳐내려고 일어나는 경우도 없지 않으리라. 그의

박수도 기립박수로 합산된다. 시낭독회에서 시인의 목소리가 듣기 좋아서 시집을 구매했다면 이것 역시 시문학의 발전에 기여하는 일이 된다. 그러니 이곳저곳에서

낭독회가 열리는 것은 시집의 매출을 위해서도 나쁘지 않은 일이다. 노인 낭독회를 기획하는 책방도 있으면 좋겠다. 커피 한 잔만 제공해도 무상으로 자신의 시를 공공근로하듯이 읽겠다는 노후세대들이 있을지도 모른다. 문학평론가 홍정선 교수가

술자리에서 읽었던 소월의 「초혼」을 잊을 수 없다.

그는 시를 전공한 학자였고 대학에서도 평생 시를 강의했다. 그의 낭독에는 겉멋이 없다. 그의 지인들은 동의할 것이다. 절창이다. 부코스키의 지적처럼 '너무 조용하거나 너무 시끄러운' 낭독이 아니었다. 거품이나 과함이 없다. 시에 대한 깊은 애정과 이해가 만들어내는 음성 텍스트다. 경상북도 예천지방 표준억양으로 제어되는 그의 목소리를 다시는 들을 수 없다.

산산이 부서진 이름이여
허공중에 헤어진 이름이여
불러도 주인 없는 이름이여
부르다가 내가 죽을 이름이여

평서문

아침에 시 한 줄을 썼다.

어제 한 잔 했다, 이런 느낌.

마음에 닿는다. 새롭지 않은 범상한 평서문 한 조각이 나를 건드린다. 문장에는 이렇다할 내용이 묻어 있지 않다. 맹물 같다. 그것뿐이다. 심오하지 않고 밋밋하다. 그래서 마음이 문장에 가 닿았던 모양이다. 화장기 없는 얼굴 같다고 하면 시차 적응이 안 되는 문장이겠지. 이런 날은 방황하게 된다. 그게 시 한 줄에 대한 예의라고 생각한다. 그렇지만 내 안간힘과

저항에도 불구하는 나는 적막강산이다. 이거 헛일에 종사한 거 아닌가. 누구의 하청은 아니었지만 그래도 그간의 보람을 붕괴시키는 슬픈 일이다. 슬프다는 유치한 단어를 골랐지만 이 말밖에 없고, 그것도 양호하지 않다. 문학

이라는 일엽편주에 몸을 싣고 왔는데 그 배는 낡아서 물이 새기 시작했다. 어제오늘에 생긴 일은 아니다. 모른 척하고 여기까지 왔다. 배 밑바닥에 고인 물을 퍼내면서. 미련한 짓이다. 괜히 해보는 일이다. 문학에 속아서 여기까지 온 듯. 나를 주저앉힐 때 쓰는 관용구가 있다. 그 문장에 기대어 며칠 또 살 수 있으려나. 인생

　뭐 있어. 시나 쓰는 거지.
　시는 속수무책이다. 무너지는 전선을 누군가는 지켜야 하지 않겠는가. 나 말고도 또 누가 있을 것이니 내 구역만이라도 엄호해야겠다. 재즈평론가 황덕호가 20년 훌쩍 넘기면서 라디오에 앉아서 재즈수첩을 지키듯이 말이다. 놀라운 인내심에 기립박수. 미치지 않고는 하기 어려운 노릇이다. 더 미치는 것은 이것밖에 할 게 없을 때다. 지금의 나처럼 벽돌책 같은 속수무책에 헌신하면서. 헛짓에 삼배. 혹은 삼천 배.

침묵의 단계

나는 누가 묻지 않는 말을 잘한다. 문학에 관해서는 특히 그렇다. 아무도 물어주지 않으니 그렇게 하는 것이기는 하다. 자문자답에 익숙하다. 내가 묻지만 내가 답을 다 알고 있는 건 아니다. 짜고 치는 화투와 비슷해도 꼭 그렇지만은 않다. 아무도 묻지 않았지만 나라면 물었을 법한 질문이 있다. 언제부터인가 당신의 시가 짧아지고 있는데 그 이유는 무엇인가. 내 시가 짧아지고 있었던가. 짧아지고 있다는 건 알았지만 그것이 시가 변하는 조짐으로는 보지 않았다. 문학적 의도가 개입된 결과는 아니다. 어쩌다 보니 그렇게 된 것이다. 새삼

살펴보자면 내 시는 대개 한 페이지에서 해결되었다. 통상 스무 줄 안팎. 스무 줄은 짧은 게 아니다. 시가 짧아지는 이유를 문학적 의도와 상관없는 외적인 이유에서 찾아

보니 그건 시를 쓰는 도구와 상관이 있다. 데스크탑이나 노트북은 화면이 넉넉해서 쓰고 있는 시의 외적인 견적을 개관하기에 편리하다. 시의 함량보다 더 근수가 나가게 하는 착시효과도 있다. 요즈음 나의

집필 도구는 주로 휴대폰 화면이다.

전에는 메모장에 썼는데 지금은 주로 카톡 화면에 쓴다. 그것을 내게 전송하고 수정한다. 이 방법이 등등 여러 이유로 좋다. 대신 한 화면으로 볼 수 있는 시행은 길지가 않다. 시의 길이가 짧아지는 도구적인 이유가 된다. 도구에 적응하는 시다. 시를 약식으로 쓰는 듯한 의심은 들지만 대수는 아니다. 신념까지는 아니더라도 시는 짧은 형식이라 믿는다. 시가 손 안에서만 쓰여지는 셈이다. 좁은 손을 벗어나고 싶은 욕망이 없지는 않지만 말이다. 소설가 필립 로스는

자신의 소설이 긴 형식에서 짧은 형식을 거쳐 무(無)로 옮겨간 것 같다고 했다. 증폭에서 압축과 침묵으로. 75세에 『철도원 삼대』(창비, 2020)를 펴낸 황석영의 경우는 증폭단계에 해당한다. 소설과 시가 같은 단계를 밟는 건 아니겠으나 창작자의 에너지 총량의 측면으로 보자면 유사하다. 75세에도 장편을 쓰는 소설가는 드물고 귀하다. 시는, 시도 다르지 않다. 앞의 문장은 퇴고할 때 수정할 수도 있다. 여기에는 저무는 생물학적 긴장감이 작용하기 때문

이다. 한 작가의 생애 주기로 볼 때는 긴 형식에서 짧은 형식으로 살림을 줄이는 것이 불가피하다. 그렇다면

　내 시쓰기 작업도 짧은 형식을 거쳐 침묵의 단계로 갈 것이다. 휴대폰 화면에 시를 찍는 일도 급하게 바뀌어 갈 것이다. 그런 날이 오면 손가락의 군것질도 끝난다. 모든 것은 다 한때. 손가락에 힘 빠지는 날 내 언어조립방식도 소진할 것이다. 야윈 정신은 마침내 언어에서 해방되겠지. 그럴 것이다. 열망에서 부서진 꿈으로.

지구 최후의 밤

어제까지 비가 내렸다.

아직은 오월. 오월 끝자락을 적시는 비는 숙연한 리듬이 있다. 주룩주룩 쏟아지는 것은 아니지만 어딘가 붙잡아두었던 감정을 천천히 흘려보내는 느낌이다. 그것도 어제 밤까지다. 아침엔 창문도 맑고 투명하다. 커피 두 잔. 온두라스와 에티오피아. 묵직해서 좋군. 지난밤에는 몇 가지 책을 뒤적거렸지만 소득은 없다. 공연히 이곳저곳을 기웃거린다. 책갈피에 묻어 있는 저자의 숨소리만 듣는 둥 마는 둥. 언어의 빈 구멍에 고여 있던 각주들이 튀어나오기도 한다. 읽는 진도가 나아가지 않는다. 걱정이다. 걱정할 건 없다. 걱정할 게 없다는 게 걱정이다. 이럴 때는

영화를 보자. 좋은 생각이다. 떠오르는 영화가 있는 건 아니다. 여전히 장률의 영화가 궁금하지만 개봉 소식은 들

려오지 않는다. 연변대학 중국문화과 졸업. 1962년 지린성 옌지시 출신. 작가주의 감독. 언젠가는 보게 되겠지. 대신

비간(1989년생)의 '영화 카일리 블루스'(路邊夜餐)를 검색했다. 30분이 넘어가는 롱테이크 장면도 궁금하다. 2015년 작이다. 개봉한지 8년 만에 국내에서 상영하는데 격찬이 쏟아지고 있다. 카프카적이라는 한 줄 평도 보인다. 감독의 두 번 째 영화 '지구 최후의 밤'도 상영 중이다. 두 영화 모두 감독의 고향인 카일리가 배경이다. 왕빙의 '철서구' 3편을 아트시네마 좌석에서 하루에 몰아서 보던 때도 있었다. 그때는 무슨 힘으로 그랬었나. 러닝타임만 아홉 시간이다. 나혼자 중얼거리는 말이지만 한국영화들 내공 수준이 좀 거시기하다. 이 글도 잠깐의 인터미션이 필요하다. (잠시 키보드를 떠남) 키보드에서

잠시 손을 떼고 있는 사이에 여러 상념이 떼로 몰려왔다. 가령, 지금 내가 무슨 짓을 하고 있는 건가 하는 생각이 그것이다. 그것은 생각보다 기괴하거나 공포스러운 위세였다. 나 스스로도 인정할 수 없는 글을 쓰고 있다는 생각 앞에서는 침묵하자. 글작업 전체에 대한 절망과 우울이 밀려들었다. 이러면 안 되지. 안 될 것도 없다. 집안 곳곳에 쌓여 있는 활자뭉치들을 보고 있으면 이런 생각은 더 힘이 세게 달려든다. 가히 쓸쓸하도다. 가히 분별의 극치다. 언어와 의미는 원나잇에 다름 아니다. 순간적인 인연이

다. 내 작업의 핵심이다. 정지돈의

  소설집이 나왔다. 놀라운 속도다. 또, 사봐야 하나. 아직은 미정이다. 그의 별명이 '인간 구글'이란다. 혹평과 호평이 동시에 뜨는 작가다. 나는 호평 쪽. 그의 첫 소설집『내가 싸우듯이』(문학과지성사, 2016)만 해도 그렇다. 그건 소설이 아니다. 그래서 소설로 읽힌다. 정지돈을 주문한다. 읽지는 않을지도 모른다. 주문하는 맛. 그것만으로도 독서는 완결된다. 30년 시차를 두고 태어난 작가를 읽으면서 나는 무엇을 느끼는가. 느껴야 하는가. 답은 무. 나 같은 난민의 시선에는 해독 불가한 외국어로 읽힌다. 그것이 좋다. 나는 그런 인류다. 난민의 눈길을 끄는 시인도 있으면 좋겠다. 시집이 나올 때마다 우선적으로 사고, 허름한 시를 써도 지지를 바꿀 수 없고, 누가 혹평을 퍼부어도 들은 체도 않을 수 있는 시인이 있기를!

  '지구 최후의 밤'이 나를 위로하길 바라면서
  커피를 마셔야겠다.
  (커피가 떨어졌군. 굶어야지.)

더 재미없을 날들

그대 세상 뜨고
길음 성당 안팎의 늦추위
점박이 눈이 내리고

황동규의 「점박이 눈」(현대문학, 1886)의 부분이다. 김종삼의 장례식을 다룬 시다. 김종삼 관련 시 중에는 완소판으로 읽힌다. 시에 무슨 완결이라는 말이 있을까만 그만큼 시인 김종삼의 잔상을 잘 구현하고 있다. 「점박이 눈」을 읽고 나면 김종삼에 관한 다른 시들은 넘어가도 괜찮을 것 같다. 이제 이런 시는

쓰여지지 않을 것이라 생각하니 허전하다. 시의 흐름이 달라졌기 때문이다. 시대를 탓해야겠지. 세상만사가 급속도로 바뀌고 있는데 무엇을 탓하고 자시고 할 일은 아니

다. 한 편의 시가 오래 버티면서 읽는 사람을 흔드는 시대
는 아니다. 그 역시 누구를 탓하겠는가. 그저 그렇다는 말
이다. 몸도 마음도 어디론가 자꾸 흘러간다. 그곳이 어딘지
모르겠다. 모르면서 흘러간다. 문학은 변하고 있는데 문학
을 대하는 나의 입장이나 태도는 제자리다. 나만 그런가.
죽었거나 전직 시인한테 물어볼 수는 없다. 혼자 우물거릴
수밖에 없다. 돌아보니 그동안

　　나는 내 안에 갇혀 살았다.
　　이렇다 할 인생이 없다. 증상만 시끄럽다. 내 시는 인생
이 부족하다. 남의 시집이나 소설의 행간에서 어정댄 것이
나의 인생살이다. 딱한 일이지만 그것도 인생이라면 인생
이겠지. 경험과 많은 시련과 많은 고민과 많은 실패가 있어
야 된다는 뜻에서 말하는 인생은 아니다. 기구한 삶이 문
학의 자양분이 된다고 믿는 것도 아니다. 눈앞에 닥쳐온
삶의 순간순간을 깨치고 나가는 동력이 부족했음을 염두
에 둔 생각이다. 어쩌겠는가. 지나간 시간은 제걸음으로 흘
러갔고

　　나는 여기 있다. "앞으로 무슨 맛에 살죠?" 시 속의 문청
처럼 묻는다. 답은 있다. 없는 맛도 맛이다. 그렇게 살자.
빈 커피잔에 묻어 있는 향을 맡듯. 내가 읽을 시는 내가
써야겠다는 허망한 결심을 하면서. 인생이 증발한 인생을
살면서 재미없는 날과 더 재미없을 날들을 생각한다. 그것

도 인생. 인생 참 많군. 제사로 쓰려던 김종삼의 문장을 이제야 써보게 될 줄이야.

오며가며 읽자.

절집의 풍경처럼 바람 불 때마다 흔들리기를.

살아갈 앞날을 탓하면서
한잔해야겠다

늙은 시인의 징징거림(하)

이쪽도 씹고 저쪽도 씹고

저 문장은 2023년 5월 27일자 조선일보에 나온 진중권 인터뷰 제목이다. 진논객의 환갑 특집이다. 누구나 환갑이 되는구나. 자극적이지만 제목이 눈길을 끌었다. 이른바 모두까기. 논객 진중권에 대해 아는 바는 없다. 미학 전공자라는 건 들어 알고 있지만 언제부터인가는 논객업이 주가 되었다. 다른 건 차치하고 '이쪽도 씹고 저쪽도 씹'는 그 태도만을 달랑 들어서 내 말의 단초로 삼으려 한다. 췌언이지만 왼쪽 논객이나 오른쪽 논객이나 다들 밥상공동체처럼 여겨지는 건 나의 좁은 소견인가. 화면이 꺼지면 서로 악수하고 해장국 먹으러 가는. 그건 그렇고

문학판에도 진중권이 있는지는 모르겠다. 나는 제철 문예지를 구독하는 것도 아니고, 종이 잡지가 아닌 다른 미

디어도 구독하지 않는다. 뭐가 뭔지 모르겠다. 누가 누군지 모르겠다. 현실을 요령 있게 파악하고 있는 문인들도 있을 것이다. 문학을 접하는 통로는 각자 다르다. 나의 통로는 없음. 차단했음. 외면했음. 나는 국적불명의 난민이다. 모르기 때문에 함부로 말하겠다. 우리 문학판은

모두까기는 보이지 않고 절충주의가 지배적이다. 이쪽은 이것이 좋지만 저것이 문제다. 저쪽은 저것이 문제지만 이것은 좋다. 이런 식이다. 문학도 세상을 닮는다. 정치판이 문제를 정치적으로 쓱싹 해치우듯이 문학판은 문학적으로 얼버무린다. 정치는 현실을 거래하지만 문학판이야 그렇게 할 현실이 없다. 혹시 자존심 같은 게 있을라나. 글쎄다. 나도 자신 없는 말이다. 문학과지성과 창작과비평이라는 말만 들어도 설레던 시절이 있었고, 그런 시대의 문학이 있었다. 한때 나의 청춘을 설레게 했던 이 출판사들은 이제 문학에 대한 관념을 고정시키는 기득권이 되고 말았다. 이런 시절에

나는 무망한 시를 쓴다.
무모한 관성이다. 나는 무모함을 찬양하고 지지한다.
내 문학의 시절은 저물었지만 그래도 문학은 움직인다.
언어는 이미 그 자체로 시다.
인류가 존속하는 동안 문학은 존속하리라는 단정은 난감한 사랑이다.

그게 무슨 의미와 가치를 가져야 하는지 말하기는 더 어렵다.

그런 줄 알면서

그래도 시나 쓰면서 하루하루를 숨쉰다.

이쪽도 씹고 저쪽도 씹으면서

마지막에는 나 자신을 씹어야 하겠지.

카일리 블루스

5호선 6번 출구로 나와 영화관 방향으로 나선다.

바람은 선선. 초가을 바람 같군. 5월의 끝날이다. 일년의 반 정도가 날아가는 날이다. 세월 참 심심하군. 그런 생각이 발끝으로 빠져나간다. 멀리 새문안교회 쪽에서 교보문고까지 이어지는 직선 도로에 민주노총 노조원들이 쳐든 깃발들이 광화문을 가득 채우고 있다. 함성과 타악기 소리가 길바닥에 홍건하다. 도로에는 진압용 경찰차와 경찰들이 도열하고 있다. 나는 민노총 시위대를 마주보면서 걷는다. 저들이 나를 향해 다가오는 분위기다. 윤석열은 퇴진하라. 이제 최루탄만 발사되면 1980년대 그날들의 재상영이다. 나는 어느 편인가. 내가 무슨

시네필이라고 이 대낮에 광화문까지 등장하고 있는가. 나는 시네필은 아니다. 단지 내 관념의 어떤 지점을 건드리

는 감독이 있다면 그의 작업에서 영감을 얻어 보자는 주의다. 그건 영화가 아니라 문학이다. 홍상수, 장률, 왕빙, 우디 앨런, 정성일 등이 내 생각에 준하는 감독들이다. 이 명단이 전부는 아니지만 나는 대체로 이들의 영화에서 영감을 얻는 편이다. 영화를 보고 이론적으로 감격하는 일은 내 몫이 아니다. 나는 영화를 문학텍스트로 대한다. 영화도 문학처럼

사양의 길을 걷는 업종이다. 동병의 상련.

하루에 몇 개씩 주유소가 폐업하듯이 영화관도 문닫는 곳이 늘어가는 추세다. 영화관에 가서 스크린 앞에 앉는 사람들이 확 줄었다. 영화를 안 보거나 보는 방식이 달라졌다. 내가 애용했던 종로의 서울극장은 문을 닫았다. 대한극장도 대중적인 영화를 중심으로 방침을 바꾼 것 같다. 그나마 명맥을 유지하는 건 광화문 시네큐브와 정동의 아트시네마 정도다. 이들 영화관은 찌라시 수준으로 과포장한 정치인의 다큐물 따위는 내걸지 않는다. 그 자리에 오래 버텨주기를 바란다. 영화관은

나 같은 난민들이 위로받을 수 있는 영혼의 대피소다. 영화는 인생이다. 시다. 소설이다. 유장한 에세이다. "꿈과 영화와 인생은 경계가 불분명하다."(킴스 비디오) 영화가 상영되는 동안 나는 인생 자체를 살아낸다. 문자예술이 줄 수 있는 모든 것을 함축하고 종합하고 편집하고 제시한다.

잘못 만들어진 영화일수록 영화 같다. 삼류인생이 인생의 정면을 함축하듯이 말이다. 단지, 영화적으로! 민주노총의 절규를 등뒤로 밀어내고

　홍국생명 지하로 들어선다. 16시 40분 '카일리 블루스 KAILI BLUES', 경로 한 명. 지하 2층 2관 C열 7번. 할인 6000원. 20명 남짓한 관객. 26세의 감독이 만든 영화를 보려고 71세가 입장한다. 화면은 과거와 현재와 미래가 뒤섞여서 몽환적으로 흘러간다. 영화는 줄거리인가. 인생이 줄거리에 있지 않듯이 영화는 순간적인 장면에 들어 있다. 40여분 지속되는 롱테이크라니. 영화에 삽입된 금강경, 영화 여러 곳에 배치된 감독 자신의 시. 금강경과 시가 영화의 어떤 부분과 호응하는지 혼란스럽다. 감독만이 알 것 같은 화면이 전개된다. 비간 자신이 시인이고, 장면에 맞도록 시를 새로 써서 삽입했다고 한다. 영화가 끝났는데

　끝난 것 같지가 않다. 자막이 다 올라가고 화면이 펑 하고 밝아올 때까지 객석은 움직이지 않는다. 영화에 승복할 수 없다는 듯. 내가 먼저 일어나 영화관을 빠져나왔다. 거리는 어두워지기 전이었다. 역사박물관 앞에 세워놓은 전차 앞을 지나 삼성병원 뒤편을 걸었다. 걷기 좋은 날이다. 독립문까지 걸어와서 서대문형무소 공원 의자에 앉아서 아침에 받은 재난문자를 리뷰한다. 북한이 서울을 향해 뭔가를 발사했다는 것. '어디로 대피해야 하나' 멘붕스럽던

아침. 아직 대한민국은 여전히 (구) 조선.

　〔서울특별시〕오늘 6시 32분 서울지역에 경계경보 발령.
국민 여러분께서는 대피할 준비를 하시고, 어린이와 노약
자가 우선 대피할 수 있도록 해 주시기 바랍니다.
　〔행정안전부〕06:41 서울특별시에서 발령한 경계경보는
오발령 사항임을 알려드림.

카일리로 가는 전철

CGV 명동역 씨네라이브러리 11층 엘리베이터를 타고 지상으로 내려온다. 6월 1일. 5관 11층 E열 6번. 10시 40분부터 13시 08분까지 거기 앉아 있었다. 몽환적인 화면에 끌려다니다가 겨우 놓여났다. 영화관 11층 그 이상의 다른 세상을 떠돌다가 깨어났다. 역시 뭐가 뭔지 모르겠다. 정지돈 소설보다 난삽하다. 굳이 영화의 줄거리를 정리하려는 건 서사적 습관이다. 나는 영화평론가가 아니다. 그냥 보는 거다. 이 영화에서 나는 대놓고 인생을 본다. 어디선가 조각난 삶의 파편들을 대면한다. 영화에 대한 시네필들의 해석은 영화보다 더 난감하다. 그것은 시보다 시에 대한 평론이 한 발 더 나아가는 일과 유사하다. 문제는 텍스트를 너무 많이 이해하려는 욕심이 아닐까. 표면이 이면이 아니겠나 싶다. 나는 표면이 아니라 이면을 들추려고 했나 보다. 너무 많이 이해하려는 태도는 실수가 아닐까. 인생이

그렇고 문학이 그렇다. 나는 그렇게 생각한다. 아버지의 장
례식에

참석하기 위해 고향 카일리로 돌아온 남자 뤄홍오. 과거
에 만났던 여인 완치원의 흔적을 발견하고 꿈인지 현실인
지 알 수 없었던 그녀와 함께한 여름을 회상한다. 그는 그
녀를 찾아 언제 끝날지 모르는 긴 여정을 시작한다. 인터
넷에 공식적으로 올라온 영화의 줄거리다. 한 편의 영화가
만들어지는 근거로 충분하지 않겠는가. 우리는 모든 일에
대해 사후적으로 설명이 가능하다고 믿고 산다. 나는 그렇
다고 생각하지 않는다. 이 영화도 보는 내내 모호하게 움
직이는 인물의 심리와 대화가 흘러간다. 전문가라면 이런
장면의 내용을 영화적으로 설명할 것이다. 가능한 일이다.
그런다고 영화가 다 해명될 것인가. 요령있게 설명한다고
해도 인생은 설명처럼 선명해지지 않는다. 나는 두 시간 넘
게 스크린 앞에 앉아서 영화의 모호함을 즐겼다. 영화적으
로는 어떤 평가가 가능한지는 모르겠다. 나는 '카일리 블루
스'를 보았던 감회에 이끌려 다시 카일리에 담긴 삶을 만나
고 싶었을 것이다. 느리고 묵직하게 전개되는 삶의 영화적
설명불가함에 이끌렸다. 다른 리뷰를 찾아보려다 그만둔
다. 나는 이미 내 식으로, 누구든 그러하겠지만, 나의 카일
리를 살아가고 있음이다. 11층 영화관에서

지상으로 내려왔다. 지상은 유월의 첫날답게 명랑했다.

모든 사물이 분명했다. 환상의 커튼이 걷혔다. 손차양을 하고 남산을 쳐다본다. 영화를 잘 볼 수도 있고 재미있게 볼 수도 있지만 있는 그대로 볼 수는 없다. 나는 카일리에서 덜 빠져나온 몸을 데리고 명동역 7번 출구로 들어섰다. 카일리로 가는 전철이다. 시도 그렇다고 하려다가 잠시 숨을 고른다.

벌판에서

정홍수 평론가의 평론집 『가버릴 것들을 향한 사랑』(문학동네, 2023)이 나왔다는 출간 소식을 접한다. 제목은 최정례 시인의 글에서 차용했다. 그의 직전 평론집 『마음을 건다』(창비, 2013)를 읽었던 여운이 남아서 눈이 갔다. 읽기는 두 가지를 권한다. 다시 읽거나 다시 읽게 되지 않거나이다. 중간은 없다. 평론가에 대한 인터뷰 기사가 있어 꺼내 읽었다. 책의 1부에는 김윤식,

서정인, 윤흥길, 황석영 같은 이름들을 모았다고 한다. 그리운 이름들이다. 내 정신의 지평도 저 부근에서 흔들린다. 평론가는 "이들의 생각과 언어가 내게는 문학이었다."고 했다. 이 문장 속에서 가벼운 미열을 느꼈다. 이 글도 그래서 끄적이게 되었다. 글을 쓰는 이라면 누구에게나 저런 선배작가나 스승이 있게 마련이다. 평론가가 생각하는 명

단과 나의 것이 일치하는 것은 아니지만 대강에서는 비슷하다. 나의 경우는 저기에 다른 이름들을 여럿 더 보태야 한다. 내 문학은 저 명단들의 시대 어디쯤에서 시작되고 마감되었다. 인터뷰 중간에

평론가는 대학원도 가지 않았고, 학위도 없어서 자기 문장에는 내면이 없다고 했다. 나는 이 대목에서 즐겁게 웃었다. 내면이 없다? 다시 읽었더니 나는 인터뷰를 반대로 읽었던 것이다. 나는 다시 웃었다. "나는 대학원도 안 갔고 학위도 없으니 할 수 있는 게 내면화와 문장 밖에 없다"는 것이 그의 말이다. 그는 서울대 국문과에서

만난 평론가 김윤식(1936~2018)을 '문학의 아버지' 같은 존재라고 했다. "늘 어떤 문학 작품을 읽을 때 김윤식 선생님은 어떻게 생각하셨을까 궁금했고, 글을 쓰면 선생님께 제일 먼저 보여드리고 싶었죠. 나에게는 어떤 기준 같은 거지요." 이렇게 말할 수 있는 평론가는 행복한 존재다. 작가라면 누구나 이런 존재를 한 명씩 모시고 살 것이다. 정신적으로 기댔던 대타자들이 하나둘 씩 사라지면서 문학적 고아가 된다. 벌판에 홀로 선 느낌이다. 여기까지만 쓰고 책을 주문해야겠다.

최소한의 목례

내가 시를 쓰는 데는 모델이 있는 것이 아니다.

전범 비슷한 시인들이야 왜 없었겠는가. 오히려 너무 많았다고 해야 옳다. 외국시인도 있고 국내 시인도 있다. 작고한 전설도 있고 작고 이전의 국내시인도 있다. 그들이 내 문학의 가이드였을 것이다. 나는 그들의 틈바구니에서 그들 시의 잔해들을 눈동냥하면서 시를 공부했다. 시를 공부하다? 이 문장은 어디선가 근본적으로 삐걱댄다. 앞선 시인들의

시를 읽는다는 것은 그들의 테두리 속에 포함된다는 말이다. 시가 학습되는 일이다. 누구는 이렇고 누구는 저렇다고 읽으면서 자기 길을 모색한다. 누구의 시를 읽고 누군가에게 시의 암묵적 지도를 건네받는다. 문학적 가스라이팅이 시작된다. 이런 건 시가 아니고, 이렇게 써야 한다고

여기면서 시를 정의한다. 시는 스킬이 아니다. 피아노 레슨과도 다르고 피겨스케이팅 훈련과도 같지 않음이다. 지극한 훈련으로 도달할 수 있는 게 아니다. 많이 읽고 많이 쓰고 많이 생각하라고들 한다. 저런 조언을 귓등으로 들을 수 있는 자에게 복 있을진저. 나는 이제

그렇게 생각하게 되었다. 시는 시창작 워크샵이나 세미나 같은 자리에 있다고 생각하지 않는다. 시는 자신의 공백을 대면하는 지점이다. 매일같이 쏟아지는 시집들은 자신의 공백과 마주하려는 몸짓으로 본다. 그것은 그대의 것이다. 개별적이고 구체적인 너무나 개별적이고 너무나 구체적인 자기의 공백이다. 그것에 대한 직면을 나는 시라고 이해하기로 한다. 공백은 비어 있는 자리이고 거기는 무언가 있다가 사라진 자리다. 그것은 언어 안에 존재하는 빈 자리이고 끊임없이 나타나는 결핍의 구멍이다. 은유가 어떻고 상징이 어떻고 그런 담론은 뒷전이다. 눈앞에 있는 현실이 은유이자 상징이다. 그것을 뚫고 나가야 한다. 궁한 대로 그것을 리얼리즘이라 부르기로 한다. 현상을 직관한다는 개념이다. 무의식이 아니라 의식, 이면이 아니라 표면, 수사학이 아니라 즉물적 표현을 가리킨다. 다시 말하지만

시는 개인 교습이나 합평회를 통해 성취되는 것은 아니다. 그것은 대체로 허망한 흉내의 교환이다. 시 참 좋다, 잘 쓴 시다와 같은 반응은 비평의 오랜 버릇이다. 시에 대해

안다고 가정된 주체들의 평균적 이해와 당대의 지배적 담론에 대한 이해를 등질 수 있어야 한다. 시를 쓰면서 문학적 전범을 앞에 두는 것은 불길하다. 최소한의 목례만 하고 지나가야 한다.

시쓰지 마라

초여름 어둠이 내리기 시작하는 수락산 입구.

숲은 내밀한 몸짓으로 자신을 흔들고 있었다. 우리는 술 없이 이것저것 얘기했다. 더 할 얘기도 남아 있지 않아서 했던 얘기 다시 한다. 지금 하는 얘기는 지금의 얘기다. 박형은 다 썼어요. 그가 말한다. 나는 듣는다. 다 썼다는 말을 가볍게 되씹어본다. 나는 평소보다 더 깊숙하게 고개를 끄덕인다. 동의한다. 그 사실을 나는 나 자신보다 먼저 알고 있으며 그렇기에 더 쓴다. 쓸 것이 없다는 사실에 대해 꾸준히 쓰고 있다. 이것이야말로 나의 시적 진실이다. 문청 같은 질문은 사양한다. 내 앞을 살고 간

시인들이 떠오른다. 그들은 정말 다 썼을까. 전집까지 묶고 나면 다 썼다는 실감이 날 것인가. 전집 뒤에 흘러나온 시들은 뭘까. 유고를 쓰고 있는 것인가. 쓸 만큼 썼으니 더

는 쓰지 않겠노라 공언하는 시인도 있다. 솔직한 표현이다. 자기 안에 시가 거덜이 났다는 말이다. 동어반복을 할 바에는 그만두겠다는 것이니 정직하다면 정직한 태도이기도 하다. 나도 그렇게 생각하지 않는 게 아니다. 과격하게 말하자면 시인들이 자신의 첫시집 이후에 쓰는 시는 모두 자기 반복이 아니던가. 나는 그렇다고

보는 편이다. 반복, 반복에는 힘이 있다. 시쓰기는 반복하는 과정에 있다. 엄밀하게 말해 인생은 반복이지만 다시 엄밀하게 말하자면 반복은 반복이 아니다. 모든 반복은 시작이요 처음이다. 반복을 반복으로 이해하는 타성이 문제일 것이다. 상식이지만 우리는 어떤 것도 다시 반복할 수 없다. 내 앞에 온 오늘은 어제의 오늘이 아니다. 오늘은 유일하다. 나는 새롭다는

말을 어깨너머로 들으면서 쓴다. 지금 이 순간의 언어에 내 생각을 문지른다. 시든 아니든. 낡았든 새롭든. 알아주든 몰라주든. 내 열 손가락만은 차한(此限)에 부재(不在)다. 쓰는 일은 각자의 언어사업이다. 시쓰기는 반짝이는 아이디어 싸움은 아니다. 아이디어를 상대로 다투는 일이다. 내 생각을 표현하는 방편이 시다. 내 생각과 내 헛소리에 맞서는 일이 시쓰기다. 내 생각이라는 아상에 굴복하지 말자. 글쓰기의 힘은 반복에 있다. 반복은 늘 같은 시간, 같은 장소에서 적을 기다리는 매복과 같다. 어떤 소식

이 지나갈지

누가 지나갈지는 아무도 모른다.

아무도 지나가지 않고 바람소리만 들려올 수도 있다.

그런 날은 아무도 지나가지 않았다고 쓰고 바람소리만 들려왔다고 쓰면 된다. 쓰지 않는다면 그날은 아무것도 일어나지 않았다는 뜻이 되고 살지 않았다는 말이 된다. 반복은 새로워서 두렵다.

천둥 치고 비오는 밤이다. 조용히 나를 데리고 오랜만에 빗소리듣기모임 임시총회에 나선다. 빗소리에 섞여서 시인 강기림의 말이 연극적으로 울려온다. '현명한 자여, 시 쓰지 마라'

싱어송라이터의 심정

기본적으로 예술은 서비스업입니다.

작곡가 전민재의 말이다. 잠시 음미하게 된다. 예술과 서
비스업이 자연스럽게 연결되지 않아서다. 청중들의 요구를
충족시켜준다는 점에서 그 말은 그럴 듯 하다. 자신은 음
악을 통해 이념이나 관념을 구현하기보다 청중을 섬기는
사람이라고도 했다. 젊은 작곡가의 예술관이 분명하다. 그
는 2009년 퀸 엘리자베스 콩쿠르 작곡 부문 1위 입상자다.
예술은 서비스업이라는

견해를 문학에 투영해본다. 독자의 공감을 이끌어내려는
측면이 강조된다면 서비스업과 유사할 수 있다. 그러나 시
의 경우에서는 그렇지 않은 면이 더 강하다. 시인은 기본
적으로 누군가의 공감을 얻으려는 것이 아니라 시인의 할
말을 적는 작업이다. 공감받고 싶은 독자의 기대를 배반하

는 시가 더 많다. 그런 점으로 봤을 때 시는 그리고 시인은 오만한 존재다. 관습적 사고나 타자의 시선에 기대지 않으려는 것이 시의 본능이기 때문이다. 상업적 매출을 기대하는 시도 분명히 버티고 있지만 그것이 굳이 나쁜 것은 아니다. 시의 생성적 근원이 그렇다는 말을 하려는 것이다. 카프카는 오스카 폴락에게 편지했다.

"우리를 상처주고 찌르는 책들만 읽어야 한다고 생각해. 만약 우리가 읽는 책이 정수리를 내려치는 타격으로 우리를 깨우지 않는다면, 무엇 때문에 그걸 읽어야 하겠어? (……) 우리는 이런 책을 필요로 해. 재앙처럼 영향을 미치는 책, 우리를 깊이 슬프게 만드는 책, 자기 자신보다 더 사랑하는 사람의 죽음 같은 책, 모든 사람에게서 떨어져 혼자 숲속으로 추방된 느낌을 주는 책, 자살 같은 책, 우리 내부의 얼어붙은 바다를 깨트리는 도끼 같은 책. 이게 나의 믿음이야."(폴 오스터, 낯선 사람에게 말 걸기, 열린책들, 121~122쪽)

카프카의 저 편지는 읽을 때마다 막연해진다.
카프카를 모르는 척 살아가자.
나의 시는 감동의 미학이 아니라 갈등의 미학이기를.
거리에 나선 싱어송라이터의 심정 같기를.

섞어찌개 같은

산문집 『시보다 멀리』(예서, 2022)를 경장편 『여담』(경진출판, 2023)으로 착각하며 읽었다는 독자가 있다. 산문의 한 부분을 소설인 듯 읽었다는 뜻이다. 소설을 산문인 듯 읽었다는 뜻도 된다. 더 나아가면 산문이 산문 같지 않고, 소설이 소설 같지 않았다는 뜻으로 요량된다. 소설은 소설다움이 있어야 한다. 마찬가지로 에세이는 에세이의 디자인을 갖추어야 한다. 나의 산문은 그렇지가 못하다. 굳이 산문소설이라는 딱지를 붙여놓은 『페루에 가실래요?』(예서, 2021)가 그렇고 경장편이라는 딱지를 붙여놓은 『여담』도 여기에 해당한다. 소설이라고 우겨놓은 두 권의

소설(?)은 일종의 관습에 대한 위반이다. 대개의 소설이 갖추어야 할 서사적 요소들을 거의 가지고 있지 않다. 문장이 그렇고 서사의 전개가 그렇고 구성이 그렇다. 소설이

라고 넘어가줄 만한 요소가 거의 없다. 나도 그 점을 부인하지 않지만 그래도 소설로 읽어주기를 바란다. 『여담』의 뒷표지에는 '소설이라는 이름에는 함량 미달이지만 나는 그 부족한 부분을 사랑하게 되었다'는 문장이 있다. 소설을 작성한 사람이 생각하는 작가노트의 최대치라고 여긴다. 소설인 척 소설이 아닌 척 하는 그 행간을 통해 나는 많은 걸 배웠다. 이를테면 꾸며내지 않고는 눈앞에서 작동되는 있는 그대로의 현실을 이해할 도리가 없다. 허구는 현실의 이음동의어다. 나는 언제나

현실을 너무 잘 꾸며진 한 편의 연극으로 본다. 연극을 다시 연극으로 모사하는 것은 가능한 일이 아니다. 그러니까 내가 쓴 소설은 허구적인 장치가 배제되어 있다. 내가 쓴 언필칭 두 권의 소설에는 시를 쓰는 인물이 등장한다. 그는 실제의 나일 수도 있고 실제 나에게서 무언가를 가감한 인물일 수도 있다. 그는 아무리 나 같아도 나는 아니고 아무리 내가 아니라도 나와 비슷한 인물이다. 나의 소설은 이것저것

뒤섞어놓은 섞어찌개 같은 글이다. 충분하지는 않지만 나름대로 배우는 게 있다. 소설에 대한 어떤 측면이 아니라 현실과 허구 사이의 간격이다. 나는 소설에 대해 말하려는 건 아니다. 중립적으로 말하자면 문자로 표기되는 텍스트를 총칭하는 것이고, 더 가까이는 시이다. 시 역시 언

어에 의탁하는 순간부터 허구의 산물로 변한다. 시적 진실도 허구로부터 자유롭지 않다. 언어는 사실 아무런 의미가 없다. 맥락과의 상관성 속에서만 잠시 어떤 의미라는 의상을 걸친다. 그러므로 그것을 그것이라고 너무 확정하지 말아야 한다. 어떤 시를 두고 시인의 정직성 운운 할 때마다 막연해진다. 시인의 정직성과 언어의 정직성은 일치하는가. 그럴 가능성은 크지 않다. 나는 시인은 믿는다. 그러나 시는 믿지 않는 편이다. 언어에 묻어 있는 표현을 고정된 의미로 받아들이지 않으려고 한다. 『여담』 속표지는 내 생각의 한 단계다.

소설 같지 않아서 소설 같기를 소망하지만 소설이 아니면 어떤가.
글쓰기에 관한한 나는 나의 무지와 무식을 아끼기로 한다.
각본이 마음에 들지 않지만 자기 방식으로 연기하는
단역 배우의 심정 근처에서 이 글은 끝이 났다.

결론에 이르지 못한 결론처럼.
글을 쓴 나와 글을 읽는 나와 이런 작업을 시큰둥하게 여기는 내가 여담 속에서 경장편 스타일로 웃고 있을 것이다.

연극이었어

평소처럼 내 연구실 문 앞에 섰다.

문에는 나의 이름이 붙어 있고, 부재중이라고 표시되어
있다. 내 이름 옆에 다른 이름 하나가 더 있다. 그 이름표
는 정식으로 붙어 있는 게 아니고 누가 임시로 붙여놓은
모양새였다. 그 사이 연구실 주인이 바뀌었나. 문을 열고
들어서니

연구실은 예전 그대로였다. 학교에 재직하는 동안 나는
연구실 이사를 한 번 했었는데 이 연구실은 처음에 지급
받은 장소였다. 교수 연구동은 5층짜리 승강기 없는 단순
한 구형 건물이었고 내 방은 3층이었다. 복도를 가운데 두
고 양쪽의 방을 연구실로 사용했다. 교수들은 옆방에 누가
사는지 몰라도 사는데 불편함이 없는 존재들이다. 다른 교
수들이 그렇고 내가 그랬다. 교수들의 이기심은 연구실이

라는 공간과 관련이 깊다. 연구실 동쪽으로 창문이 있고 치열 고른 치악산이 등장한다. 그건 그렇고

연구실에 들어서자 내가 앉아 있던 책상에 모르는 남자가 앉아 있다. 그는 의아한 눈으로 나를 쳐다보았다. 나는 문앞에 임시로 붙어 있던 이름의 주인이 이 사람이라는 걸 알아차렸다. 내가 퇴직한 사이에 다른 사람이 교수가 되어 이 방을 차지했던 것이다. 그 사람의 표정은 경영이나 행정 실무 같은 것을 다루는 사람 같았다. 실제로 책상 위에는 경영학 원론이라고 한자로 인쇄된 두터운 책이 놓여 있기도 했다. 그런 것을 제외한다면 연구실은 옛날 내가 사용하던 그대로였다. 낯선 교수가 앉은 등뒤에 있는 서가에는 내가 읽었거나 읽지 않은 문학류의 책들이 그대로 꽂혀 있었다. 오래된 한국문학전집류도 보였고, 시집과 소설집도 보였다. 이게 여기 있었군. 그러면서 나는 서가에서 시집을 꺼내들었다. 민음사 판 최민의 『喪失』이었다. 한 권 더 꺼내들었다. 서정인의 소설집 『강』(문학과지성사, 1996)이었다. 내가 저런 책을 읽었구나. 내가 저런 책을 읽던 시절의 감성을 그리워하고 있었구나. 그러면서 연구실을

눈으로 스캔했다. 지방에 맞는 소담한 햇살이 연구실 이곳저곳을 비춘다. 창문 앞에는 화분 몇 개가 있고, 소파 앞 탁자에는 차를 마실 수 있는 도자기 류의 잔들이 있었다. 그때는 그랬다. 원로교수 방에 가면 중국차라고 자랑

하면서 차를 우려주던 풍경도 고졸했다. 서가 옆에는 전기난로가 보였고 접어놓은 간이침대도 있었다. 내가 주인처럼 연구실을 둘러보는 동안 책상에 좌정하고 있는 남자는 아무 말이 없었다. 책을 보고 전화를 받기도 했다. 이상하다고 생각하면서 연구실을 나왔다. 책 두 권을 들고 3층 계단을 내려와

주차장에 다다랐다. 예술관 쪽에서 강의가 끝난 학생들이 우루루 몰려왔다. 미래관과 치악관 쪽에서도 학생들이 쏟아졌다. 교수로 보이는 사람도 지나갔지만 아무도 나를 아는 체 하지 않았다. 그들의 얼굴이 초면이기는 나도 같았다. 느린 걸음으로 교문을 향해 걸었다. 내가 교수가 되고 싶었던 건 어둑한 연구실에 혼자 남아 1960년대 한국 소설을 읽으며 커피를 마시는 여백이 그리웠을 것. 김승옥, 이청준, 서정인, 박태순 같은 작가들. 오규원이나 마종기 그리고 황동규의 초기시를 읽는 즐거움도. 그거면 충분하지 않은가. 나는 혼자

중얼거렸다.
대본 없는 연극이었어.

독자는 관념

자신의 책이 나오면 저자들은 어떤 기분일까.

책이 나오면 신문에 신간 안내가 뜨고 문예지에는 서평이 실린다. 어떤 저자는 인터뷰나 기자회견 같은 것도 한다. 조금 더 시간이 지나면 문학상 후보작으로 거론되기도 하고 심지어 수상자로 선정되어 넥타이를 매고 수상연설을 하고 기념사진도 찍는다. 저자들은 나름대로 분주한 일정을 보내지만 그건 그 작가의 일이다. 대개의 저자들은 자기 책이 인쇄되었다는 사실을 자기만 아는 흥분으로 그친다. 그나마도 며칠 가지 못하고 시들해진다. 요사이는 사회관계망서비스를 통해서 자신의 저서 발간을 열심히 서비스한다. 그것도 저자 자신이 손수한다. 축하합니다 정도의 댓글과 조회수에 만족한다. 영혼 없는 댓글잔치까지가 집필의 터미널이다. 나는 왜 이런 푸념을 늘어놓고 있는가. 이것이 나만의 문제인가. 나만의 문제이든 일반적인 풍속이든 상관하지 않겠다. 모든 책의 발간은 그것이 알려지고 읽혀지기를 바라는 자의식에서 출발한다. 오늘날의 상황은 그렇게 행복하지가 않다. 저자들은 그런 물정을 잘 안다. 그러면서도 책을 납품하는 몹쓸 버릇을 포기하지 못한다. 섬머싯 몸은 아무리 좋은 작품이라도 시장에서 도는 기간은 3개월이라고 했다. 몸의 의견은 그러나 낙관적이다. 나는 3일로 본다. 3일이 뭐야. 대개는, 대개는 거의 전부라는 뜻인데, 출판의 순간이 그 책의 영결식이다. 과한가. 수정할 생각은 없다. 나는 다시

왜 이런 푸념을 푸념하고 있는가. 어디가 잘못되었는가를 따지고 있는 건 아니다. 그건 그렇다. 비관적인 책시장을 수정해보고자 하는 것도 아니다. 현실은 그렇지만 단 몇 권이라도 단 몇 사람이라도 내 책에 대한 의견은 구하고 싶다. 읽을 만한 것인지 아닌지 어디가 어떤지를 들어보고 싶은 것이다. 젖먹이의 이기심이다. 독자 반응 하나 없이 잊혀지는 것은 적막하다. 읽지 않으셔도 되니 구경만이라도. 칭찬받기를 원하는 건 아니다. 분별력 있는 독자와 커피를 마시는 담소의 시간을 소망한다. 거듭 말하지만 그런 독자에게 정직하고 지적인 서평을 들을 수 있다면 더 바랄 게 없다. 관심 독자 한둘쯤 가까이 두고 있는 저자는 행복하다. 숭고하고 허황스러운 꿈. 나는 그런 독

자였던 적이

있는가. 자상하고 논리적이고 애정을 가지고 분명하게 독후감을 전해줬던 적이 있는가. 그런 애정을 가지고 입을 열고 싶었던 책을 만났던 적이 있었던가를 돌아본다. 내 서가에서 뽑혀나가지 않고 버티고 있는 어떤 책이 대답한다. 나는 당신이 내게 걸었던 순심을 알고 있다. 부디 초심을 잃지 않기를! 그것이 당신의 마지막 마음이다. 나도 고개를 끄덕인다. 나에게 눈을 맞추고

내 말을 귀담아 들어주는 사람을 생각한다. 내 말을 흘리지 않고 알뜰히 들어주려는 청자를 상상한다. 그런 독자는 없지만 그런 독자 서너 명 있으면 좋겠다. 서너 명은 고사하고 한 명만 아니 반 명만이라도. 그런 독자는

없는 존재다.
책을 납품하면서 인식하는 재인식이다.
나에게 독자는 설정이자 관념이다. 독자는
추상적이어야 한다.

시를 그만둘 수 없는

시를 그만 써야겠다.

그래야 한다고 마음먹는다. 사실은 그 타이밍을 놓쳤다.

쓰나 안 쓰나 이제는 무의미해졌다. 시를 더는 쓰지 말아야겠다고 생각하는 데는 여러 요인이 작동한다. 시대도 그렇고 시대적 환경도 그렇다. 사람들도 달라졌다. 책을 읽도록 세팅된 인류가 아니다. 문학은 관성과 시스템에 의해 움직인다. 문예지가 있으니 문예지가 존속하는 것이고, 출판사가 있으니 출판사를 지켜나간다. 시인이 존재하므로 시가 있어야 한다. 질기고 아름다운 타성이다. 과거와는 다른 문학이 생산된다는 착각은 아름답다. 과거와는 다른 상상력을 가진 문필인들이 등장했다는 착각은 더 아름답다. 노벨문학상에 접근했다는 풍문은 차라리 담담하다. 이런 시절에

덮어놓고 시를 쓰는 일은 무모한 아름다움이다. 참담한 농사다. 내가 시를 그만 써야겠다는 생각을 가지게 되는 것은 이런 이유들만이 아니다. 더 느슨하면서 강력한 이유는 시라는 언어작업이 가지는 중독성에서 벗어나야 한다는 사실이다. 문학은 언어 없이는 존재할 수 없는 노동이다. 문학은 언어기생적이다. 언어에 올라타야 한다. 마치 언어를 부린다는 듯한 착각을 준다. 그것도 맞지만

언어에 의해 부림을 당하기도 한다. 그것이 문학의 한 속성이다. 그런 점에서 언어는 트로이의 목마처럼 우리를 지배한다. 나는 그런 휘둘림에서 벗어나고 싶다. 시가 더 이상 쓰여지지 않는다. 좋은 시가 나오지 않는다. 더 쓸거리가 없다. 내 시의 한계를 만났다. 이와 같은 문장들은 내가 시를 그만 쓰고 싶다는 하등의 이유가 아니다. 그런 이유들은 차라리 단순하고 일차원적이다. 언어의 인질이 되고 싶지 않지만

나는 그 적절하고 합당한 타이밍을 놓쳤기에 계속 쓰고 있다. 내가 쓰고 있는 시는 시가 아닐 수도 있다. 미당이나 김수영의 시를 예찬하던 시절은 오래 전에 사라졌다. 그런 시선 자체가 무용해졌다. 문창과 석사과정 대학원생처럼 쓸 수도 없는 노릇이다. 그렇다고 원숙한 문체를 구사할 수도 없다. 원숙하다는 말처럼 지저분한 말이 있을까. 어떻게 해야 원숙해지는가. 어떤 작가를 가리켜 대가라 칭하는

것을 본 적이 있다. 나이 많은 작가에 대한 예우적 표현이다. 그 말은 천재라는 말처럼 천해졌다. 나는 계속해서

쓸 것이다.
쓰는 일을 멈추지 않을 것이다.
쓸 것이 없다는 이유는 내가 시를 그만두지 못하게 추동하는 근원이다.
이 말 많이 써먹지만 여전히 부족하다.

문학평론가

영화평론가라는 말에 눈이 간다.

거기에는 내가 가보지 않은 환상이 있어 보인다.

영화보다 더 영화를 잘 설명할 것만 같은 것도 나의 환상이다. 그런데

문학평론가는 그렇지 않다. 문학에 관한 세상의 관심이 줄어들면서 문학평론가라는 직업에 대한 기대도 축소되었다. 쓰는 사람도 줄어들었고 읽는 사람은 거의 없어 보인다. 평론 자체가 드물어졌다. 시집 뒤에 붙은 해설류에서나 평론가를 발견할 수 있지만 그것을 눈에 넣으려는 독자는 시집의 주인밖에 없을 것이다. 사정이 이러하니 문학평론가는 자신의 평론을 수필처럼 진화시켜 독자를 부르기도 한다. 쉼표의 대가 베케트처럼 쉼표를 남용하면서 외국물이 잔뜩 묻은 평론도 볼만 했지만 그도 드물어졌다. 그러

나 저러나 달라지는 건 없다. 문학작품과 상관없이

독자적으로 앞서나가는 문학평론은 조금 슬프다. 아니다 말을 다시 하겠다. 그런 평론을 볼 때 이것이 다름아닌 문학평론이라는 생각을 하게 된다. 주도적으로 자신의 논리를 밀고 나가는 자기주도성이 보기 좋다. 그런 평론을 보기 드물다는 것만 뺀다면 문제삼을 것이 없다. 대학원에서 배출된 문학평론가의 평론은 논문 냄새가 나고 독학으로 익힌 평론가의 글에서는 이것저것 주워섬기며 갖다붙이는 식이다. 앞이나 뒤나 슬픔의 양은 줄어들지 않는다. 오다가다 영화평론가들의

글을 접한다. 읽는다기보다 접한다는 표현이 적절하다. 정성일, 허문영, 유운성, 이여로 등. 영화보다 더 어려운 그들의 지적 모험을 보면서 문학도인 나는 겸손해진다. 영화평론가가 문학평론가보다 윗길이라는 말을 하는 건 아니다. 문학이나 영화나 사양의 언덕에서 이렇게 뜨거워도 괜찮은가. 한때는 영화가 문학의 신세를 졌지만 언제부턴가는 역할이 바뀌었다. 영화는 문학과 무관히 자기의 길을 간다. 영화평론가들도 자기 논리를 수습하고 앞으로 나아간다. 영화평론처럼 다이나믹한

평론문학을 읽을 수 있으면 좋겠다

사나운 격언 몇 조각

　내일이 새로울 수 없으리라는 확실한 예감에 사로잡히는 중년의 가을은 난감하다. (김훈)

　산길을 올라가면서 이렇게 생각했다. 이지에 치우치면 모가 난다. 감정에 말려들면 낙오하게 된다. 고집을 부리면 외로워진다. 아무튼 인간 세상은 살기 어렵다. 살기 어려운 것이 심해지면, 살기 쉬운 곳으로 옮기고 싶어진다. 어디로 이사를 해도 살기가 쉽지 않다고 깨달았을 때, 시가 생겨나고 그림이 태어난다. (나쓰메 소세키)

　지금 몇 시입니까?
　취할 시간입니다. (보들레르)

　나는 홀로 있었다. 나는 기다리고 있었고 나의 모든 작품들도 또한 기다리고 있었다. 어느 날, 나는 발레리를 읽었다. 그리고 나의 기다림이 끝났다는 것을 알았다. (릴케)

이룰 수 없는 꿈을 꾸고, 이길 수 없는 적과 싸웠고, 이룰 수 없는 사랑을 하고, 잡을 수 없는 저 별을 잡으려 했다. (돈키호테)

삼십이 넘어가지고도 시인이라는 것은 망나니 같다고 한 누구의 말은 어쩌면 그렇게도 찬란한 명구냐. (김기림)

인생은 개망신과 수치심의 연속이다. (이반지하)

노후의 즐거움은 역시 '죽는 것'이지요. (다니카와 슌타로)

아무렇지 않은 시간

시를 읽지 않는다.

아무렇지 않다. 소설도 읽지 않는다. 역시 아무렇지 않다. 에세이는 물론. 시를 읽지 않는 시간이 내 앞을 지나간다. 벌써 지나갔다. 과거가 된 지 한참이다. 아무렇지 않은 시간이 느리게 흘러간다. 시가 지나간 텅 빈 자리. 누구도 시라고 여기지 않는 자리가 선명하다. 그런 시간을 시간의 자취를 시간의 현재를 바라본다. 그것은 낯선 기쁨이다. 언어와 문장으로 조립된 시가 아니다. 시 이전의 시라고 할까. 시의 맨살이라고 할까. 날순간이라고 할까. 시를 읽지 않아도

아무렇지 않다는 거. 그것이 그동안 시를 읽어온 보람인가 결과인가 회한인가. '나를 키운 건 8할'이 시였다는 말은 내게는 순진한 과장이다. 지금도 그런가? 대답은 미루

어둔다. 말과 말 사이, 침묵과 침묵 사이. 세상이 규정하지 않는 삶의 여백을 몇 마디 언어로 메우던 시들. 거기에 몸을 던지던 날들이 있었다. 그것이 전부라고 과장하며 몸짓하던 화염병 같은 시절이 있었다. 지금은 아니다. 아닌 것 같다. 아니어서 다행이다. 시를 수사학으로

여기던 시절도 졸업했고, 감정의 화장술인 줄 알던 시절도 지나갔다. 값싼 인생론도 삿대질도 조롱도 그렇다. 그런 개념들은 다 나를 지나갔다. 시가 지나가고 나니 내게 남은 것은 시뿐이다. 내게 남은 시는 무엇인가. 화장을 지우고 거울 앞에 선 여자 같다. 그러니까, 그러므로, 그래서, 하여간 시는 내 안에서 계속 재정의되고 부서져야 한다. 지금 나에게 있어 시는

읽지 않고 쓰지 않아도 괜찮다는 사실이다. 그걸 무어라고 말해야 될지는 모른다. 아무렇지 않다는 다섯 글자만이 엉뚱하게 시를 대변하고 있다. 굳이 말하자면 시에 대해 열심히 떠들거나 충분히 시를 쓴 뒤에 남는 것이 나에게는 시다. 써도 써도 다 쓰여지지 않고 남아도는 그 무엇. 욕망의 대상이자 원인 같은 것. 도착점이 출발점이 되는 것이다. 지금 나는 이 지점에 서 있다. 나가는 문이 어디냐고

주인에게 되묻는 김수영 산문에 나오는 도둑의 질문만큼 절묘한 건 없다. 그는 정식으로 들어온 것이 아니고 담

을 넘어왔기 때문이다. 나 역시 어디로 들어왔는지 모르므로 나가는 길을 모른다. 주인집 여자와 바람피우다 들켜 쫓겨난 「삼포가는 길」(신동아, 1973. 9)의 공사판 노동자 영달이 들판에 서서 어디로 가야 할지를 가늠하면서 벌판의 끝을 바라보는 심정이 지금의 나의 것이다. 이렇게 제자리에 서있는 것도 가는 행위의 일종이다.

제목시 선공개

시라고 쓰면 꼭 시의 제목을 붙여야 하는가. 그렇겠지. 세상에 제목이 없는 시가 그게 십니까. 그렇겠지요. 무제도 제목이니까요. 한 줄 시도 있다지만 제목만 있는 시는 왜 없는가. 있겠지. 왜 없겠는가. 온갖 해괴한 전위를 인정하면서도 한국시는 그저 그렇다. 새것이라는 착각과 오해. 그것만이 새것의 진실이겠지. 시집을 열면 앞표지 뒷면에는 북한군 고위급 장교의 가슴에 매달린 훈장 같은 저자의 약력이 주렁주렁 달렸고, 시인의 말이 있겠고, 차례가 있겠고, 소제목을 달고 있는 시 본문이 있겠고, 끝에는 해설이 매달려 있다. 시집을 닫으면 표사라는 게 또 달려 웅웅댄다. 서글프고 고리타분한 한국시의 얼굴이다. 내 얘기는 아니다. 바로 내 얘기다. 이 대목을 읽을 한가로운 이는 없을 터이니 마음껏 떠들어본다. 읽었다손 쳐도 안 읽은 척 해주는 게 도리다. 말이 난 김에 잠 오지 않을 때 적어 둔 메모를 공개한다.

이 메모들은 내가 쓸 시의 제목들이다. 본문은 아직 없고 제목만 도착했다. 제목을 변명해줄 본문이 쓰여진다는 보장은 없다. 나는 이 한 줄을 제목시라고 명명해둔다. 자, 그럼 아래에 전시한다.

구보의 편지
명동칼국수에서 마주친 돈키호테
차기정권탄핵준비위원회
쓰여지지 않은 시를 위한 변명
명자와 명자나무
거리에서 물망초를 들고 가는 여자
밤과 하늘과 바람 안에서
새로 편곡된 4분 33초를 들으며
문학으로 한 탕 해먹고 뜬 남자
나를 잊어주셔서 고맙습니다
95세에 녹음한 토니 베넷의 창창한 목소리
궁금하지 않은 일 두세 가지
꺼져주세요
서촌을 걷는 사람

매일 등단합니다

등단했나요?

이런 질문. 가끔 듣는 질문이다. 등단이 전부라는 듯이 묻고 전부라는 듯이 대답한다. 등단했습니다. 어디로요? 어디는 또 어딘가. 르몽드나 뉴욕타임즈는 아니겠고 파리 리뷰도 아닐 것이다. 누가 나에게 묻는다. 등단했습니까. 나는 매일 등단합니다. 나의 충실한 대답이다. 등단을 문학계 입국사증으로 여기는 관행이 인공지능시대에도 존속하는 일은 어색하거니와 무색하다. 해병대도 아니면서 한번 시인이면 죽는 날까지 시인인 것도 우스운 일이다. '등단문학' 같은 문예지는 사라져야 한다. 새로운 작가를

찾는 방식이 달라져야 한다. 선택하는 기준들이 억압적일 수 있다. 선정자와 유사한 사유방식을 새롭다는 관점으로 고정시켜놓고 작가를 선택하는 것은 아닌지 의심한다.

겨울이면 거리에 나타나는 패딩처럼 어슷비슷한 시인들이 즐비하다. 걸그룹과 아이돌그룹의 우후죽순은 그 차이를 발견하기 어렵다. 대체로 그들은 한순간에 소문 없이 사라진다. 시인도 다르지 않다. 한때 유행의 뒷줄에 섰던 시인들은 그 유속을 이기지 못하고 묻혀버렸다. 자신의 문학적 이념을 버리고 다른 포즈를 통해 연명하는 시인도 많다. 모든 생태계의 속성이 자못 이러하다. 어느 분야에서나 벌어지는 일이다. 새롭고 싶을 때가 새롭다. 가끔, 오은의 문장을 떠올리며

천천히 긍정한다. "이따금 쓰지만, 항상 쓴다고 생각합니다. 항상 살지만, 이따금 살아 있다고 느낍니다." 등단했지만 매일 등단한다고 생각하며 살아야 한다. 이 말은 좀 느낌 온다.

내 책 내가 읽기

　꿈꾸지 않는 자의 행복, 오늘 문득 나를 바꾸고 싶다, 길
찾기, 정선아리랑, 치악산, 김유정의 소설세계, 사경을 헤매
다, 설렘, 본의 아니게, 헌정, 시만 모르는 것, 시인의 잡담,
오는 비는 올지라도, 저기 한 사람, 아무것도 아닌 남자, 시
를 쓰는 일, 여긴 어딥니까?, 거북이목을 한 사람들이 바다
로 나가는 아침, 거미는 홀로 노래한다, 나는 가끔 혼자 웃
는다, 페루에 가실래요? 필멸하는 인간의 덧없는 방식으
로, 갈 데까지 가보는 것, 시보다 멀리, 아주 사적인 시, 自
給自足主義者, 여담, 난민수첩, 봉평 세미나, 썸.

　지금까지 인쇄한 내 책들의 출석부다. 거울을 들여다보
는 셈. 자화상인가. 그렇다. 정말 자화상인가. 그렇게만 단
정할 수 없는 언어적 분칠이 많다. 거울을 들여다보고 반
가워만 할 수는 없는 일. 70대가 되어서 들여다보는 거울

속의 얼굴은 본격적으로 그러하다. 윤동주의 「자화상」이 생각난다. '우물 속에는 달이 밝고 구름이 흐르고 하늘이 펼치고 파아란 바람이 불고 가을이 있고 추억처럼 사나이가 있습니다.' 그 사나이가 어쩐지 밉고, 어쩐지 가엾고, 어쩐지 그리워진다. 흐린 나르시시즘이다. 내가 납품한 책들에 대한 자가 서평을 하려는 건 아니다. 이제

나의 책들을 차례대로 읽어나가려고 한다. 베토벤 소나타 전곡을 듣는 심정으로 내 자신과 약속하는 기획이다. 대략 30권을 인쇄했다. 많다. 많다는 기준은 무엇가. 본래 많이 쓴 편은 아닌데 2019년 중공발 우한 폐렴 때문에(덕분에) 가속 페달을 밟게 된 것이 물량을 부풀리게 된 주요 까닭이다. 너무 쏟아냈다고 돌아보지만 다른 생각은 없다. 썼을 뿐이다. 십이 년간 무패로 스물여섯 번 챔피언 자리를 방어했다는 미국 권투 영웅 조 루이스. 그는 은퇴하면서 딱 열 단어로 자신을 정리했다. "나는 내가 가진 것으로 할 수 있는 최선을 다했다." 필립 로스는 자신의 책 서른한 권을 읽고난 뒤의 소감을 자신의 영웅 조 루이스의 것으로 대신했다. 나 역시

그렇다고 말하면 좋겠지만. 그것은 맥없이 묻어가는 저렴한 발화다. 나는 내가 가진 것으로 최선을 다한 건 아니다. 왜 그랬을까. 소용없는 질문은 소용없다(이 대목에서 자판에 손을 떼고 엉엉 울었으면 좋겠다. 감독이 컷 사

인을 낼 때까지만. 박세현 씨 그만 우세요. 대본대로만 하세요). 후회는 없으나 자부심도 없다. 생각 없이 천천히 내 책을 읽어볼 참이다. 내 책들은 나에게 아무것도 기대하지 않을 것이므로 나도 그렇게 할 것이다. 어떤 문장은 나를 토닥거릴 것이고 어떤 시간은 나를 힐난할지도 모른다. 이걸 다 내가 썼단 말인가. 남들이 잠들어 있는 시간에, 남들이 현실에 개입하고 있을 때 이런 환상에 기대고 있었다니. 이제는 어떤다는 도리가 없다. 없다. 책을 다 읽고 나면 그것에 대한 독후감과 상관없이 버튼을 누를 것이다. 버튼 한 번으로 나의 서적이 모두 사라지는 꿈. 내 책을 읽은 독자의 기억도 회수되기를.

보너스 트랙

친구에게 말했더니 재미있다고 해서 재미삼아 정리한다.
이건 실화이지만 꼭 사실에 부합하는 것은 아니다.
믿고 안 믿고는 읽는 쪽의 사정이다. 언제던가

전철역 지하도에서 본 일이다.
(전철역을 특정해서 밝힐 수 없음을 이해해주기 바란다.)
그날 나는 환승하기 위해 출근걸음보다 좀 느린 보폭으로 지하도를 걸어갔다. 지하도 가장자리에는 노숙인 몇이 자리잡고 있었다. 새로운 풍경은 아니기에 내 걸음만 세면서 지나가다가 혹시, 하고 걸음의 브레이크를 잡고 뒤를 돌아보게 되었다. 노숙인 한 명이 꼭 누군가를 닮았다는 느낌이 왔기 때문이다. 그는 전직 대통령 아무개와 너무 닮았다. 세상에는 닮은 사람 천지다. 김종삼 닮은 붕어빵 장수도 본 적 있다. 서정주를 빼다 박은 듯한 시의원도 본 적 있다. 긴가민가하면서 몇 걸음 후진해서 노숙인 앞에 섰다. 전직 대통령 아니십니까? 그는 나를 쳐다보며 웃었다. 인터뷰는 하지 않습니다. 그가 말했다. 옆자리 노숙인도 행인들도 그를 주목하지 않았다. 전직 대통령이 어떻게 노숙생활을 하시는가요? 내가 물었고 그는 다시 부드럽게 대답했다. 나는 전직이지 현직은 아닙니다. 나도 내 삶을 살아야지요. 뭘 좀 도와드릴까요? 나는 전직의 권력도 연금도 다 정부에 반납했습니다. 끼니는 가까운 교회에서 해결합니다. 비로소 자유인이 되었습니다. 신경 꺼주시는 게 날 도와주는 겁니다. 전직은 아주 공손하고 교양 있게 말했다. 그의 무릎에는 그 유명한 박세현의 시집 『自給自足主義者』(경진출판, 2022)가 놓여 있었다. 내가 정리한 에피소드에 대해

말도 안 되는 소리라고들 할 것이다.

나는 그런 사람들 틈에서 살고 있다. 나는 그런 사람들이 동의하는 민주주의에 살고 있다. 문필인 중에도 내 말을 수준 낮은 개그로 취급하는 사람이 있을 것이다. 그런 문필인들이 써내는 서적을 나는 심하게 믿는 편이 아니다. 내가 본 전직 대통령이 누군지 밝히지 않음에 대해 양해 있으시기를. 무엇보다 심플한 사인(私人)으로 돌아간 그에게 심심한 경의를 표한다.

수레와 커튼

나는 쓴다.

'쓰다'는 '나'와 더불어 하나의 설정이다. 허구다. 그렇게 생각하는 게 나의 시쓰기다. 소멸 단계인 시와 책에 관해서는 첨언할 말이 없다. 이런 사회적 물결이 나를 덮친다. 내가 시를 쓰는 대상이자 동기다. 성 안에서 일하는 사람이 있었다. 일이 끝나면 수레를 끌고 퇴근하는데 그는 무언가를 훔쳐간다는 의심을 받는다. 성문 앞 보초병에게 수레를 검사받는다. 다음 날도 검사를 받았지만 의심받을 물건은 발견되지 않았다. 그가 훔친 것은 바로 수레였던 것이다. 또 하나. 제욱시스와 파라시오스가 누가 그림을 더 잘 그리는지 내기를 했다. 제욱시스의 그림은 새가 날아와 그림 속 포도를 따먹으려 할 정도였다. 우쭐한 제욱시스는 파라시오스에게 그림을 보여 달라고 했다. 파라시오스의 그림은 커튼에 가려져 있었다. 제욱이 커튼을 걷으라고 했

다. 제욱이 그린 것은 커튼이었다. 커튼 너머에는 아무것도 없었다. 누가

이겼는가. 시쓰기는 시쓰기다. 이를 통해서 무엇이 밝혀지거나 만족된다는 생각은 없는 편이다. 아름다움? 글쎄다. 진실? 글쎄다. 온통 글쎄다. 시라는 액자를 만들어 보는 정도다. 액자 속과 액자 밖을 분별해보는 것이다. 액자 속에 들어온 것이 시다. 이 말은 정확하지 않다. 나는 액자를 만드는 사람이다. 액자 속에 들어오는 무엇은 나의 것이 아니다. 나의 시도 파라시오스의 커튼이기를 바란다. 보초병이 뒤져도 아무것도 나오지 않는 수레이기를 바란다.

벽돌을 갈며

(1)

스승은 제자에게 묻는다. 무엇을 하고 있느냐?

제자는 대답한다. 좌선을 하고 있습니다.

스승은 다시 묻는다. 그건 왜 하는 것이냐?

제자는 대답한다. 부처가 되려고 합니다.

스승은 묻는다. 그렇게 앉아 있는다고 부처가 되겠느냐?

제자가 대답한다. 부처가 되었다는 사람도 있습니다.

(2)

제자가 스승에게 묻는다. 무엇 하려고 벽돌을 가십니까?

스승이 대답한다. 거울을 만들려고 한다.

제자가 묻는다. 벽돌을 갈아 거울을 만들 수 있겠습니까?

스승이 대답한다. 앉아 있다가 부처가 된 사람도 있다는데
벽돌을 간다고 거울이 되지 말라는 법이 있겠느냐.

제자가 대답한다.

그렇습니다. 저도 열심히 앉아보겠습니다.

스승이 호응한다.

나도 일심으로 벽돌을 갈아볼 것이다.

(3)

스승이 묻는다. 자네는 무얼하고 있느냐?

제자가 대답한다. 시를 쓰고 있습니다.

스승이 묻는다. 카보드를 두드린다고 시가 되겠느냐?

제자가 대답한다. 되는 사람도 있다고 들었습니다.

마조선사의 일화를 윤색해 보았다.

좌선하면서 부처가 되기를 기다리는 스님과 벽돌을 갈아서 거울을 만들려는 스님은 길은 다르지만 시를 생각하는 나에게는 경책이다. 언필칭 시라고 쓰는 나의 작업이 벽돌을 갈고 있는 스님의 방식과 다를 게 없다. 허망하고 미련한 방식이다. 마조 선사의 일화를 접하면서 나는 오히려 벽돌을 가는 인간이 되고 싶다. 벽돌이 거울이 될 것이라 믿는 인류도 있고, 무망하다고 믿는 인류도 있다. 하지만 벽돌갈기를 일심으로 밀고 가는 인류도 있을 것이다. 있어야 한다. 있다. 나는 후자의 줄에 선다. 거울이 되지 않는다는 것을 알면서 벽돌을 갈다가 덧없이 사라지는 꿈이 내 문학의 무모한 행로다.

질문과 대답

(이 장면은 가상이다.

시인의 입장이 아니라 독자의 입장을 강조한 연극적 설정이다.)

질문: 요즘도 시를 많이 쓰시는지요? 선생에게 시는 무엇인가요?

대답: 쓰기는 쓰지만 '많이'라는 말의 기준은 모르겠군요. 나에게 시는 제사와 같습니다. 카프카는 일기에서 '글쓰기는 기도의 한 형태'라 했습니다. 나의 글쓰기는 제사가 그렇듯이 삶을 추념하는 의식이자 망각의 기록입니다.

질문: 망각의 기록은 무슨 뜻인지요?

대답: 단순히 말해서 망각하기 위한 쓰기입니다.

질문: 망각할 대상은 어떤 것인지요?

대답: 하루하루가, 하루하루의 일들이, 하루하루의 사상이 다 그렇습니다. 새로운 하루는 텅 빈 시간일 뿐입니다. 매일은 매일의 기억을 삭제하는 시간입니다. 시는 그런 의식의 작용입니다. 나의 시는 오만가지 생각에 입을 대보는 악보입니다.

질문: 독자도 선생의 방식에 응답한다고 보시는지요?

대답: 독자의 파동과 나의 파동이 같다면 반응이 있을 겁니다. 대개는 그렇지가 않다고 봅니다.

질문: 서운하지 않으신지요?

대답: 서운합니다. 그러나 내가 필요해서 하는 일에 서운이고 자시고는 있을 수 없습니다. 앞에서 서운하다는 말을 강조하는 척 했지만 그건 내게 남아 있는 교만의 찌꺼기입니다. 대답을 정리하면 서운하지 않습니다. 서운한 건 나를 향하지요. 나의 시가 내게만 머물도록 썼다는 그 사실 말입니다. 나만을 애무했다는 서글픈 자각심.

질문: 정직한 말씀 같군요.

대답: 정직한 척 하는 겁니다. 나는 문학적으로 정직하다는 말을 거의 외면합니다. '정직하다'고 쓰면 정직해지던가요? 나는 그저 쓸 뿐입니다. 쓰는 인공지능이랍니다.

질문: 어떤 시인은 '쓰기는 본능이고 읽기는 의지'라고 하더군요.

대답: '쓰기는 의지이고 읽기는 본능'이라고 해도 말이 될

것입니다. 쓰기가 본능적 의지라면 더 정확할 것입니다. 저 문장은 쓰는 인구에 비해 읽는 인구가 적다는 뜻입니다. 시장언어로는 공급과잉이지요. 쓰는 사람과 읽는 사람 사이에 작용하는 그야말로 상호주관적인 말이 될 겁니다.

질문: 쓰는 사람 편에서 선생의 견해는 어떤 것인지요?

대답: 하나마나 한 생각은 젖혀두고 말한다면 읽고 안 읽고의 문제는 독자의 탓은 아닐 것입니다. 읽고 싶으면 읽고 읽기 싫으면 안 읽는 것이지요. 손님이 짜다면 짠 것이지요. 독자에게는 아무 혐의가 없습니다. 책 읽지 않는 독자가 구속적부심 대상이라면 일언지하에 기각이지요. 그들에게는 소명해야 할 혐의가 1도 없습니다.

질문: 독서는 일종의 사회적 명령이라고 보는데요?

대답: 교육입국에서 벌어진 억압이지요. 춘원의 계몽시대도 아니고, 문학이 갈아엎자는 바꿈의 도구로 작동하던 1980년대도 아니잖아요. 읽느냐 읽지 않느냐의 권리는 전적으로 독자의 쪽에 있습니다. 문학의 시장성 판단도 독자의 것입니다. 우리에게 남아 있는 독서는 필독도서 같은 억압의 잔해라고 봅니다. 훌륭한 줄 알지만 아무도 읽지 않는 책이 고전이라는 정의를 듣고 픽 웃어보면 사태는 분명해질 겁니다.

질문: 독서나 독서교육에 대해 냉소적인가요?

대답: 그런 건 아니지만 아닌 것도 아닙니다. 요컨대 읽으

면 지혜로워진다는 추상적인 잣대를 일반 대중에게 적용하려는 특히 문학계의 입장은 수정되어야 한다는 정도입니다. 쓰는 사람은 쓰는 순간부터 이상적인 독자를 설정하고 있습니다.

질문: 이상적인 독자는 누구인지요?

대답: 말 그대로 이상적인 독자랍니다. 그야말로 이상적인. 너무나 이상적인. 이상적일 수밖에 없는. 이상적이어야 하는 독자랍니다. 쓰는 사람 각자에게는 이런 독자가 꼭 있게 마련입니다. 이런 허구가 작동하지 않고는 노트북 앞에 앉을 수 없을 겁니다. 그것은 존중되어야 합니다. 각자의 착각이자 환상이거든요.

질문: 이상적인 독자는 쓰는 사람 자신인가요?

대답: 정답.

질문: 자기가 쓰고 자기가 읽는다. 그런 말씀이 되는군요.

대답: 쓰는 사람의 입장에서는 그렇다는 말입니다. 나는 그렇습니다. 소설은 '그'의 이야기지만 시는 '나'의 중얼거림이거든요. 시를 쓰면서 보편성이라는 뜻으로 남의 다리까지 긁기도 하겠지요. 우스운 착각입니다. 속된 격언으로는 '니나 잘하세요'가 될 겁니다. 독자의 의식 구조가 시인들의 그것을 앞지른지 오래 되었잖아요. 게다가 독자들은 쓰는 사람보다 지적으로 우월하거나 영악하다는 점도 간과하면 안 될 겁니다. 읽어야 할 이유가 있다면 읽지 않아도 상관없는 이유도 충분합니다. 뭐니뭐니해도 읽기와 쓰기의 근

본적 패러다임이 전환되었음을 주목되어야 합니다. 모르는 채로 말하자면 인공지능이 읽기와 쓰기를 대체할 겁니다. 다소 과격한 생각이겠으나 이건 인류사회 전면을 지배하리라 봅니다. 책을 많이 읽자는 선동은 헛소리가 되겠지요. 문학은 결정적으로 바뀔 겁니다. 그렇게까지 진화하지 않았으면 좋겠지만.

질문: 쓰는 인구가 정원을 초과하고 있는 이유는 무엇인지요?

대답: 그걸 나에게 물으시는 건 조롱이 되겠지요. 하. 하. 하. (두 번 반복)

질문: 문학사회학적인 질문입니다.

대답: 나는 통찰력이 없습니다. 부정확하게 말해도 된다면.

질문: 괜찮습니다. 견해는 여러 가지일수록 민주주의에 부합하거든요.

대답: 우리나라가 민주주의 맞습니까?

질문: 가정법이지요. 우린 다 그런 허구를 허구로 살고 있으니까요.

대답: 쓰는 인구의 증가에는 두 가지 사회학적 요인이 있다고 봅니다. 물론 부정확해서 코웃음을 칠 사람들이 있을 겁니다.

질문: 상관없습니다.

대답: 첫째는 쓰기 도구의 변화입니다. 컴퓨터 즉 무릎컴이 보급되었다는 점을 들어야 할 겁니다. 게다가 골목마다 들어선 카페도 문학생산의 배후가 될 것입니다.

질문: 카페는 무슨 관계인지요?

대답: 카페는 무릎컴을 들고 가는 집필공간으로 진화했잖아요. 무릎컴과 카페가 만나면서 글쓰기는 새로운 패턴과 속도를 얻게 되었다고 봅니다.

질문: 무릎컴이 없으면 카페에 가면 안 된다는 말씀은 아니겠지요?

대답: 뻘쭘하겠지요. 전철에서 종이책을 들고 있는 노인처럼.

질문: 문학사회학적으로 말할 수 있는 다른 건 무엇인지요.

대답: 조심스럽지만 내 말이니 참고할 점은 없을 겁니다. 언제부터인가 젊은이들이 정상적 취업 기회가 축소되면서 그들의 대다수는 아니지만 그 인구의 일부가 문학 특히 시에 유입되었다고 보지요. 같은 비율로 현업에서 퇴직한 부류도 일정 비율로 노트북계에 종사한다고 봅니다. 두 계층 모두 시쓰기에는 적당한 핑계가 있는 셈입니다.

질문: 좀 과한 듯 한데요. 완전 부정은 어렵지만 말입니다.

대답: 쓰는 인구의 증가를 부정적으로 볼 일은 아닙니다.

질문: 읽는 시대가 아니라 쓰는 시대라는 말도 되겠군요.

대답: 그렇습니다. 아주 긍정적인 신호로 봅니다. 평균적인 인간들이 자신을 대면하는 기회를 가지게 된 겁니다. 교사나 유튜브나 종교지도자의 담론을 떠나서 노트북과 함께 자신을 살핀다는 것은 두루 실존적입니다. 아마츄어와 프로페셔널의 경계가 흐려진다는 걱정도 있지만 우리 문학에 프로페셔널이 있는지 되

물어야 할 타이밍입니다. 시인에게 단기 강좌 듣고, 신춘문예로 등단하고, 시집 내고 수필집 내면 프로가 되는 걸까요? 그거야말로 아마츄어리즘의 전형이라고 보는데요. 부동의도 많겠지만.

질문: 선생은 거의 정반대로 현상을 해석하시는군요.

대답: 보충설명을 하겠습니다. 아마츄어 같은 프로가 있고, 프로 같은 아마츄어가 있습니다. 가령, 오규원과 이승훈의 말기 시들을 보면 거기에는 시다운 요소가 아무것도 들어가 있지 않습니다. 그들은 전통적인 시에 물을 먹이는 시를 썼습니다. 두 분은 대학에서 오래 시를 가르쳐왔고, 시에 대한 이론도 해박하지만 마지막에는 습작시 같은 시들을 남겼습니다. 이것이 그들의 시적 진실이 아닐까요. 말년의 양식인 점을 감안해야겠지만 그보다는 그들의 이론이 이미 그 지점을 향하고 있었다고 볼 수 있습니다.

질문: 그렇다면 프로 같은 아마츄어들도 예를 들어주시지요.

대답: 예를 들면. 잠깐. 이건 좀 곤란합니다. 너무 많기 때문입니다. 구체적으로 거명하는 것은 소득이 없습니다. 1950년대나 1960년대라면 이런 비평이 설득력이 있었을 겁니다. 1980년대 이후부터 한국시단이 바로 여기에 침윤되어 왔다고 보기 때문이고, 한국시단을 지배해온 것도 이런 소란이 아닌가 여깁니다. 이 대목을 읽으면서 '나는 아니겠지'라고 생각하는 분이 있다면 당신도 예외는 아닐 겁니다. 프로인 척 하지만

시에 대한 불철저한 논리, 선생들에게 주입받은 창작교육, 동종교배에 물든 동아리 집단, 근거 없이 쓴 수필집 몇 권 등에 얹혀 있는 당신은 대체로 이런 유형에 속할 겁니다. 나를 본보기로 들면 되겠습니다.

질문: 선생은 문단현실과 문학현상에 대해 우호적이지 않군요.

대답: 문단도 내게는 우호적이지 않으니까요. 냉정하게 말하자면 문학의 공적인 역할이나 기능은 소멸했습니다. 문학의 역할이 있다고 믿는 것은 시스템 내부의 의견입니다. 지금 골방이나 카페에서 열심히 노트북 자판을 두드리는 사람은 자기 문제에 대한 집착입니다. 개인적인 문제를 개인적으로 해결하려는 존재자들입니다. 나처럼.

질문: 그러니까 문학의 공적 기능이 해소되었다는 말씀이지요.

대답: 네. 나는 1953년 태생이고, 1970년대에 대학물을 먹었고, 1980년대에 시를 발표한 부류입니다. 나의 문학은 거기서 멈추었습니다. 더 나아간 문필들도 있는지는 모르겠습니다. '사랑은 아직도 끝나지 않았는가'(조용필)라는 문장은 내 세대의 문학적 향수를 요약하는 회고적 탄식이 될 겁니다.

질문: 선생의 문학적 결론인가요?

대답: 앞에서 다 떠들었는데요.

질문: 더 털어놓으시지요.

대답: 카우치에 누워 있는 내담자의 심정입니다.

질문: 선생 말을 따른다면 지금까지 선생의 말은 거짓말일 가능성이 높습니다. 읽는 사람을 의식해서 꾸며낸 말들이지요.

대답: 어떻게 하면 정직할 수 있을까요?

질문: 제게 물으시는 건가요?

대답: 네.

질문: 쭈욱 거짓말을 하는 게 최선의 정직이 아닐까요?

대답: 카메라 앞에서 진심을 다하는 배우처럼 써야 할까요?

질문: 시가 진심을 쓰는 장르인가요?

대답: 최근에 나는 미야자키 하야오라는 일본 애니메이션 감독의 은퇴작 '그대들, 어떻게 살 것인가'를 예고편이나 광고 없이 개봉한다는 기사를 읽었습니다. 나의 공감은 '예고편이나 광고 없이'에 있습니다. 포스터 하나만 공개한답니다. 나는 이런 발상에 마음이 움직입니다. 이런 예외가, 예외만이 나의 시를 손짓하기 때문입니다.

질문: 이해가 갑니다.

대화를 함축하는 신호가 담겨 있군요.

대답: 그냥 하는 말이었습니다.

질문: 솔직한 거짓말에 감사드립니다.

모든 이해는 (어차피) 성공적인 오해니까요.

퀴즈, 한국문학사

불러도 주인 없는 이름이여
부르다가 내가 죽을 이름이여
빼앗긴 들에도 봄은 오는가
박제가 된 천재를 아시오?
나를 키운 건 팔할이 바람이다
나 지은 죄 많아 죽어서도 영혼이 없으리
비숍여사와 연애를 하고 있는 동안은
進步主義者도 社會主義者도 네에미 X다
어디서 무엇이 되어 다시 만나랴
작가는 쓸 수밖에 없다. 비평가는 읽을 수밖에 없다.
그 이외의 것은 아무것도 없다
죽어서도 꿈꾸고 싶다
당신들은 역사를 독점하시오
나는 덧없음을 독점하겠습니다

본질주의자들은 엿이나 먹어라
인간은 결국 자기 자신만을 체험할 뿐이다
잘 알지도 못하면서

에필로그
봉평 세미나

이효석 문학숲에 도착했다.

반딧불이가 나타난다는 새벽 한 시쯤 산길을 올라 느슨한 산비탈에 주저앉아 기다렸다. 밤별들이 총총하다. 드디어 그리고 어느새 눈앞에서 깜빡이는 반딧불이들. 반짝반짝, 깜빡깜빡. 반딧불이 참관자들은 탄성보다는 침묵을 선택했다. 조용한 가운데 벌어지는 빛의 소음들. 엄청난

스펙터클은 아니지만 내밀하고 조용한 소란이다. 내 안에도 반딧불이가 깜빡거린다. 시를 쓴답시고 살아온 삶이 온통 개폼 같게 느껴진다. 이 말은 더 극적으로 교체해야 한다. 개폼 같다고 슬쩍 밀어볼 게 아니라 개폼이라고 단정하는 게 지금 나의 정신세계에 옳게 부합한다. 밀착한다. 그건 당신 생각이지요. 그렇게 반응해주면 된다. 타인의 동의를 구하는 건 아니다. 맞장구는 서글픈 자기 확인이다.

무엇엔가 동의할 때마다 나는 사라지지 않던가. 시쓰기는
동상이몽이다. 이몽에 합의나 평균은 있을 수 없다. 세상에

저리도 많은 시들이 반짝이다니. 경이와 희열이 떠다닌다.
첨언하려던 문장을 다 삭제한다. 미끈한 유월의 그날 밤,
봉평 세미나에 참석했던 이 나라의 모든 반딧불들아.
서글프고 기쁜 반짝거림들아.

에필로그 이후

강릉에서 에세이를 수정하고 있는 동안, 이 헛수고에 매달려 있는 동안, 두 권의 책 발간 소식이 들려왔다. 6년 만에 발매된 하루키의 장편소설과 홍정선 교수의 유고평론집이다. 에세이 수정이 끝나면, 이 헛수고가 마무리되면 나는 중계동에서 저 책을 읽고 있을 것이다. 더불어 문학을 나눌 인적이 끊겼다. 저문 길을 혼자 간다. 그러면 된다. 그래야 한다. 에세이를

쓰면서 나는 여러 말을 했다. 쓸 만한 내용이 없는 줄 번연히 알면서 이렇게 또 썼다. 줄여서 말하면 커피와 와인을 파는 가게에서 다른 건 없냐고 묻는 진상노릇을 했다. 존재하지 않는 무엇을 찾고 있는 중이었다. 그것이 무엇인지 나도 알지 못하는 상태. 글쓰기가 특히 시가 천덕꾸러기인 줄 알지만 나는 쓰고 인쇄한다. 왜? 시에 대한 환상

때문이다. 저렇게 멋있는 사람은 무언가 다를 거야. 이게 내 환상의 실체다. 다르지 않다는 사실을 잘 알지만 난 쭈욱 그렇게 생각할 거다. 달라야 한다. 이렇게 주문을 외운다. 다른 문필인도 그렇겠지만

　나의 생각은 책으로 묶였을 때만 그것이 별거 아니라는 정체가 확인된다. 과하게 말하자면 나의 사유가 별 볼일 없음을 확인하기 위해 굳이 쓰고 굳이 인쇄한다. 거의 헛소리에 준하는 아름답고 쓸쓸한 노동이다. 동네 뒷산도 올라봐야 산을 이해하게 되는 이치와 다르지 않다. 마침내 시를 읽어야 할 이유나 근거는 100% 아니 500% 해소되었다. 이 순간을 위해 한국문학은 100년을 달려왔다. 그래서? 존 윌리엄스의 스토너는 죽기 전에 자기에게 최종적으로 말한다.

　넌 무엇을 기대했나?
　이 질문은 나의 것이기도 하다.
　평생 시를 쓴다고 했지만 나는 무엇에 대해 썼는가.
　평생 시를 쓴다고 했지만 그 노동의 의미는 무엇이었나.
　나는 아무것도 기대하지 않았다.
　마당귀에서 감나무 잎들이 받아내는 한여름 빗방울 소리 들려온다. 지금은
　그것으로 충분하다. 충분하다.

봉평 세미나

ⓒ박세현, 2023

1판 1쇄 인쇄__2023년 12월 10일
1판 1쇄 발행__2023년 12월 20일

지은이__박세현
펴낸이__양정섭

제작·공급__경진출판
    사업장주소__서울특별시 금천구 시흥대로 57길 17(시흥동) 영광빌딩 203호
    전화__070-7550-7776 팩스__02-806-7282
    홈페이지__https://smartstore.naver.com/kyungjinpub/
    이메일__mykyungjin@daum.net

값 12,000원
ISBN 979-11-92542-71-3 03810